Errante en la sombra

Federico Andahazi

Errante en la sombra

Novela musical

ALFAGUARA

© 2004, Federico Andahazi
© 2004, Aguilar, Altea, Taurus, Alfaguara, S.A.
© De esta edición:
   2004, Distribuidora y Editora Aguilar, Altea, Taurus, Alfaguara, S. A.
   Calle 80 Nº 10-23
   Teléfono (571) 6 35 12 00
   Fax (571) 2 36 93 82
   Bogotá - Colombia

• Aguilar, Altea, Taurus, Alfaguara, S. A.
Beazley 3860. 1437 Buenos Aires. Argentina

• Aguilar, Altea, Taurus, Alfaguara S. A., de C. V.
Avda. Universidad, 767, Col. del Valle,
México, D.F. C. P. 03100. México

• Santillana Ediciones Generales, S. L.
Torrelaguna, 60. 28043 Madrid

ISBN: 958-704-188-7

Impreso en Colombia - Printed in Colombia

© Diseño de proyecto de Enric Satué
© Cubierta: Claudio Carrizo
© Fotografía de cubierta: photomonteleone.com
de la serie «Mirada de Tango», París 2003

Cantando me he de morir,
cantando me han de enterrar,
y cantando he de llegar
al pie del Eterno Padre;
dende el vientre de mi madre
vine a este mundo a cantar.

José Hernández, *Martín Fierro*

Una canción triste

Antes de que a mis espaldas se abra el telón y desde la fosa comience a sonar la orquesta, permítanme que evoque junto a ustedes a Juan Molina. En un momento habré de abandonar este viejo proscenio y cederé mi lugar a los personajes para que hablen o, mejor dicho, canten por sí solos; pero primero, déjenme que les presente a quien fuera, al decir de muchos, el más grande cantor de tangos de todos los tiempos. La obligada sentencia "el mejor después de Gardel", jamás fue proferida en su presencia, a veces por sincera convicción y las más, por puro temor. Molina suscitaba devoción, además de un respeto que obligaba a bajar la mirada. Cuando cantaba, su voz conmovía a los más duros. Y cuando hablaba cara a cara, el cigarrillo pegado a los labios, el funyi ladeado, conseguía intimidar al que tenía el cuero más curtido. Carlos Gardel marcó su albur y, ciertamente, también fue el sino de su cruz; a él le debía lo que fue, pero más aún lo que no pudo ser. Creció alumbrado por la estrella del Zorzal del Abasto y, sin embargo, vivió bajo el agobio de su sombra, aunque no a la manera de Salieri, ya que nunca le guardó rencor; al contrario, le profesó una lealtad sin condiciones. Molina jamás albergó la creencia de que el mundo estaba en deuda con él, convicción frecuente entre los espíritus anodinos que se atribuyen un talento que el resto de los mortales no alcanza a comprender. No supo del resentimiento y, pese a que su fama apenas si trascendió el perímetro del suburbio, alguna vez se creyó afortunado. No existen fotografías que lo muestren posando en Montmartre o en el Quartier Latin cuando París era la Meca. No se lo vio retratado en sepia delante del puente de Brooklyn, ni acodado en la cubierta de algún barco con el fondo fugitivo de Buenos Aires visto desde el Plata. Pero siempre conservó una foto donde se lo veía muy joven junto a Gardel, detrás de una dedicatoria que decía: "A mi amigo y colaborador, Juan Molina". Lo de amigo, siempre lo supo, no era más que una formalidad. Se lo conoció primero en Parque de los Patricios; más tarde su fama llegó a Palermo, allá abajo, por Las Heras, y se hizo mito al otro lado de la calle Beiró. El amor y el infortunio lo iniciaron en la poesía; sin embargo, pocos habrían de conocer sus versos amargos y melodiosos. Lo suyo era cantar. No quiso otra cosa. Si alguien le preguntaba por qué no cantaba sus propios versos, solía contestar escueto: "Al César lo que es del César y a Dios lo que es de Dios", aunque el proverbio no revelaba cuál era el poeta y cuál el cantor. Pero lo cierto es que el pudor le aconsejaba no andar ventilando los propios tormentos. Pudo haber brillado en el Abbaye o en la Parisiana; en el Royal Pigalle o en la Boite de Charlton. O en el legendario Armenonville. Pero su paso por los cabarets fue demasiado breve y si bien llegó a pisar sus míticas tablas, lo hizo de un modo cuanto menos inicuo. Luego solía ocultarse en algún rincón oscuro, tras la cortina de humo de los Marconi sin filtro, bajo la sombra inmensa que sobre su adolescente persona proyectaba la figura de Gardel desde el escenario.

Señoras, señores, antes de que el cono de luz de este seguidor que me ilumina me abandone para posarse sobre los verdaderos protagonistas, permítanme que les adelante algo que deben saber: la vida de Juan Molina estuvo signada por la tragedia. Una tragedia que él mismo escribió. Tal vez su biografía pueda resumirse en un día y una noche. O en el nombre de una mujer. Pero sería injusto.

Lo que habrán de escuchar a continuación es una canción triste y burlona que intentará desandar los pasos que condujeron a Molina hasta la noche en la que compuso su tango fatal. Alguien que se caracterizó por el conciso rigor de sus definiciones ha dicho del tango que es un sentimiento triste que se baila; y quizás, así, abandonado a este mismo sentir melancólico, conjeturando las caprichosas figuras de una coreografía algo grotesca, siguiendo con el pie el ritmo de una hipotética melodía canyengue, pueda el lector convertirse en espectador de esta historia escrita en dos por cuatro.

Señoras y señores, antes de hacer mutis por el foro y dejar que los personajes canten sus verdades, antes de que se descorra este telón púrpura, un poco raído por el tiempo y el olvido, me adelanto a decir que lo que sigue es el melodrama que cuenta la historia del cantor más grande de todos los tiempos. Y me apuro a aclarar, por si acaso, después de Gardel.

Uno

1

Indiferente al viejo río que la vio nacer y aún le daba vida, como una hija ingrata y arrogante, mostrándole con desdén su espalda joven y glamorosa, la ciudad amaneció radiante pese al insomnio de la noche del viernes. Los techos parisinos de Retiro, las cúpulas madrileñas de la Avenida de Mayo, los colosos traídos desde Nueva York sosteniendo sobre sus espaldas los frontispicios diseñados por arquitectos italianos, las agujas de los rascacielos y las veletas que coronaban las iglesias, aquel conjunto unánime en la diversidad, se recortaba contra un cielo violeta y diáfano que anticipaba una mañana calurosa. Buenos Aires, la ciudad de los pájaros confundidos por las luces fatuas como las llamas de la Catedral, iniciaba o bien concluía un nuevo día, según se considerara la función continuada de su displicente existencia. Eran los años locos. Era verano. Los animales de la noche, olientes a tabaco y champán, los ojos enrojecidos, iban como vampiros sorprendidos por el alba a buscar un poco más de penumbra, un último tango o el refugio entre las piernas de una puta del bajo que les vendiera la ilusión de que la noche aún no estaba definitivamente perdida. Salían del Palais de Glace, del Armenonville, del Chantecler, de los cabarets más suntuosos del norte hacia los sórdidos tugurios cercanos al puerto. Enterraban los inmaculados neumáticos de sus cabriolés descapotados en el fango de las calles bravas, creyéndose malevos a fuerza de repartir billetes. A su paso, y conforme subía el sol, se cruzaban con los otros, los que, conminados por las sirenas de las fábricas, apuraban la marcha contra reloj para llegar a horario al trabajo. Se cruzaban recelosos, mirándose con mutuo desprecio. Y, en sentido contrario, estaban aquellos que venían desde el suburbio hasta el centro, se descolgaban de los tranvías y urgían sus botines opacos hacia las oficinas.

Desnuda, acodada en la baranda francesa de una suite del Hotel Alvear, semejante a una cariátide, mostrando sus pezones adolescentes a quien quisiera verlos, Ivonne contempla desde lo alto el hormiguero humano que se ofrece a sus ojos trasnochados. Sostiene una copa de champán que ya ha perdido la efervescencia. Está agotada pero quiere llenarse los pulmones con este aire matinal, colmarse de luz y olvidar.

Olvidar.

A sus espaldas, dentro de la habitación, enredado entre las cobijas de seda y las almohadas de pluma de ganso, se puede conjeturar a un hombre durmiendo. Ronca con una respiración desigual, agónica, como si en cada aliento fuese a expirar; sus pulmones suenan como el fuelle de un bandoneón desvencijado, marcando un dos por cuatro machacón. Tal vez para tapar con su voz el resuello insufrible de aquel anciano que asoma su vientre vacuno entre las sábanas, y cuyo nombre ya no recuerda, quizá porque el champán mezclado con el polvo frío que se acaba de meter en la nariz le hacen creer que ese sonido es realmente el de un bandoneón, Ivonne se pone a cantar. Desnuda contra el sol y de frente a la ciudad, como si quisiera deshacerse de una tristeza tan vasta como el río, se acoda contra la baranda; se llena los pulmones y canta:

Si pudiera olvidar lo que soy
y volver a nacer.
Si pudiera escapar del dolor
y tener el candor
de la niña que fui,
daría lo que tengo
y también lo que no.
Si tuviera de piedra el corazón
como vos
(canta a unas de las cariátides que sostienen la cornisa del edificio de enfrente y que tanto se le parecen)
me iría detrás de aquel gorrión
para volver.
Pero estoy tan lejos y tan triste,
tan cansada de vender la ilusión
del amor,
tan cansada de mentir
y besar porque sí.
Si pudiera volver a escuchar
el alegre acordeón
de mi tierra natal.
Si pudiera dejar esta gélida sal
que me hiela el corazón,
me hace mal.
Si pudiera dejarme caer
como un pétalo otoñado
y tener la ilusión
de haber soñado
que mi vida fue una efímera canción
con un final feliz.

Cuando termina de cantar, Ivonne tiene el impulso de saltar, de mezclarse con la bandada de gorriones confundidos que surcan el cielo y huir, olvidar todo cuanto es.

Se aferra fuertemente a la baranda para disuadirse de aquella ocurrencia que se le impone a su pesar. La copa rueda en el aire, se precipita dejando una estela hecha de gotas de champán, hasta estrellarse contra las baldosas de la vereda.

Huir.

Ivonne era una puta francesa. La puta más cara del Royal Pigalle, el cabaret más caro de Buenos Aires. Recibía a sus clientes en una lujosa habitación del Hotel Alvear. Un piso por debajo de la Suite Presidencial, en el mismo cuarto donde se alojaban príncipes y mandatarios, en la misma cama donde durmió la Infanta Isabel, bajo esas mismas sábanas, Ivonne recibía a sus clientes. Era una de las putas más caras porque era, exactamente, todo lo contrario de una puta. Delgada y ondulante como una espiga de trigo sacudida por la brisa, se veía por completo diferente de las mujeres carnosas que plagaban las mesas de los cabarets. Tenía una mirada cándida e infantil que la distinguía de las otras, de ojos maliciosos repletos de experiencia. Sus pechos, que cabían dentro de la concavidad de una mano, parecían los de una niña y eran completamente distintos de las tetas de nodriza que rebalsaban los escotes, tan frecuentes entre las chicas que poblaban las barras de los prostíbulos. Nadie podía creer que Ivonne fuese una puta. Y ese era su secreto. No vendía sexo sino amor. No simulaba arrebatos de éxtasis, ni alaridos de placer, no regalaba palabras sensuales ni halagos a la virilidad, sino tiernas ilusiones de aquellas que habitaban en las letras de los tangos. Y, ciertamente, aquellas ilusiones se pagaban caro: quinientos pesos, más la noche de hotel. Ivonne no era para cualquiera. Sus clientes eran pocos. Pero suficientes para proporcionarle un pasar al menos digno y darle de comer al parásito de su "protector", André Seguin, el gerente del Royal Pigalle. Pero lo único que pretendía Ivonne esa mañana era huir y olvidar. Desnuda, como si fuese una más de las efigies que sostenían los balcones, ofreciendo su piel blanca como la porcelana a la brisa de la madrugada, Ivonne deseaba abrir los ojos y de pronto ver la campiña europea de su infancia.

Un ronquido estrepitoso de animal la arranca de pronto de su íntima canción. Viendo que su cliente está por despertar, se viste sigilosamente, toma los billetes que descansan sobre la mesa de noche y en su lugar deja una nota escrita sobre un papel perfumado. Como no recuerda el nombre del tipo, anota con letra redonda y decidida:

Mi querido:
Fuiste lo mejor que me pasó en mucho tiempo. No quiero romper tu sueño de ángel.
Siempre tuya.
Ivonne

Descalza y en puntas de pie, como para que el angelito no interrumpiera su proceso de hibernación, Ivonne se dispuso a salir del cuarto. Antes, sobre la lisa superficie de cristal de una repisa, extendió una línea perfecta de polvo níveo y se desayunó aspirando aquel hielo que le congelaba el alma y la anestesiaba. Entonces, sí, salió sin hacer ruido. Con la mirada perdida en ninguna parte, caminó por la Avenida Callao apretando la cartera contra su cuerpo y se mezcló entre la gente. Quería llegar a su casa, meterse en la cama y dormir para olvidar la larga noche. En su afán por llegar cuanto antes, corrió tras el tranvía que acababa de detenerse en la parada; tal era el ímpetu que le había producido su breve desayuno, que no vio el camión que avanzaba por el otro carril a toda velocidad.

2

Al otro lado del Riachuelo, en el último confín de la ciudad, envuelto en una bruma perpetua hecha de hollín y humedad, el Dock Sud había comenzado su dura jornada antes aún de que saliera el lucero del alba. La alta chimenea del Astillero del Plata se elevaba por sobre las rudimentarias construcciones que la circundaban. La fumarada blanca se extendía paralela al río mezclándose con las nubes. La sirena de un carguero rompió el silencio de la madrugada. Como un coloso de hierro oxidado, un pie posado en el Dock y el otro en la Boca, el puente levadizo cimbró, se conmovió en un crujido sordo, y el lomo del gigante comenzó su ascenso remolón como si se estuviese desperezando. Entonces todo se detuvo en aquella Rodas hecha de chapas y adoquines, decorada con guirnaldas de ropa colgada en los balcones y los frentes pintados con los colores estridentes de los barcos.

Desde la neblina surgen de pronto las luces de un camión que acaba de salir del astillero y se ve obligado a detenerse a pocos metros de la entrada del puente. El conductor, sabiendo que tiene una larga espera por delante hasta que termine de pasar el buque, enciende un cigarrillo, baja la ventanilla y, a voz en cuello, empieza a cantar con el cigarro prendido entre los labios. Juan Molina cantaba en todo momento y bajo cualquier circunstancia; a viva voz o entre dientes, a veces sin siquiera advertirlo, cantaba como quien piensa. Y ahora, mientras espera que termine de pasar el vapor y vuelva a bajar el puente, emprende las estrofas de un tango. Debajo del espejo retrovisor cuelga el retrato de El

Zorzal. Indiferente a la majestuosa entrada del barco en la dársena, Juan Molina, mientras canta, se contempla en el espejo y, alternativamente, mira el retrato. Ve aquella sonrisa repleta de dientes, el sombrero caído sobre la ceja izquierda y los ojos que parecen iluminar la cabina del camión. Se sorprende a sí mismo en el reflejo sonriendo de costado; el rictus se le ha congelado imitando involuntariamente el gesto de Gardel. Se calza la gorra que descansa sobre sus rodillas, e imaginando que es un chambergo de fieltro, se la acomoda intentando ajustar el ángulo exacto que va desde la parte superior de la oreja hasta el borde de la ceja contraria. Mientras canta, se figura la letra del tango fileteada con letras redondas sobre la caja del camión:

> *No será un cabriolé*
> *mi camión,*
> *no será una cupé,*
> *pero igual, hay que ver*
> *cómo junan las minusas*
> *cuando ven al chofer.*

> *No seré del Abasto el Zorzal,*
> *no tendré yo el esmokin de Carlos Gardel,*
> *mis pilchas serán bien rantes,*
> *pero igual, hay que ver,*
> *cómo quedan patifusas*
> *cuando canta este atorrante.*

> *No será mi café el más bacán cabaret,*
> *no será el Armenonville*
> *pero igual, hay que ver,*
> *cómo queda muzzarela el más taura*
> *cuando al dar la voz de aura*
> *se pone a cantar este gil.*

No es que la voy de bocón,
ya van a saber de mí,
acuérdense del camión
que manejaba este gil,
cuando allá en la marquesina,
con carteles de neón,
anuncien a Juan Molina
en el mismo Armenonville.

Las chicas que van a las fábricas apurando el paso en la densa neblina, los prácticos de remeras rayadas que esperan el paso del barco para iniciar las maniobras, de pronto caen bajo el encantamiento de la canción de Molina y comienzan a mezclarse en una danza al borde del Riachuelo. Haciendo ochos, cortes y quebradas, separándose, cambiando de pareja y volviendo a reunirse, bailan reflejándose en la negrura del agua, al tiempo que cantan a coro las mujeres:

No será un Mercedes Benz
su camión,
no será un Graham Paige,
pero igual, hay que ver
los suspiros de amor
cuando vemos al chofer.

Bailando sobre los paragolpes, trepados a los estribos, los prácticos y las obreras cantan:

No será de Venecia el Gran Canal,
no será el Sena el Riachuelo,
pero igual, hay que ver,
cómo todo el arrabal
pondrá una alfombra en el suelo
cuando el pibe del camión
cante en el Royal Pigalle.

La sirena de la fábrica vuelve a llamar. Entonces, como si se hubiese roto el ensalmo, las chicas se descuelgan del camión y retoman la marcha hacia el trabajo. Los prácticos, viendo que el buque se aproxima al amarradero, corren a atajar las cuerdas que arrojan desde cubierta. En la soledad de la cabina, contemplándose en el espejo, Juan Molina canta:

> *No la voy de fanfarrón,*
> *pero acuérdense de mí,*
> *del que maneja el camión,*
> *cuando el nombre de Molina*
> *brille allá en las marquesinas*
> *fulgurando en el neón,*
> *del glorioso Armenonville.*

Un bocinazo lo sustrae de su canción: el barco ya ha terminado de pasar y el puente acaba de descender por completo.

Molina disfrutaba de su trabajo en el Astillero del Plata. La parte más dura era la de cargar el camión con las vigas de acero; el resto se hacía grato: atravesar la ciudad hasta la Dársena Norte y luego esperar a que descargaran los peones del Astillero Hudson. Hecho esto, volvía al Dock Sud y vuelta a empezar, hasta las seis de la tarde. Podía haber hecho el camino de la ribera pero generalmente, como ahora, prefiere internarse en la ciudad y recorrer con su imponente International las elegantes calles de Retiro y de la Recoleta. Pasa frente al Chantecler y el Palais de Glace, escucha los últimos acordes de las orquestas y se jura, como siempre, que algún día habrá de pisar sus tablas gloriosas. Sin embargo, no le queda demasiado tiempo para las ilusiones, tiene que apurarse; el paso del carguero lo retrasó. Viene rápido, embalado por la pronunciada pendiente de Callao, cuando desde la nada aparece una mujer. Poco menos se para sobre el freno. Las ruedas se bloquean haciendo chirriar los neumáticos, pero la mole trae una inercia tal, que parece imposible de frenar. Cuando por fin se detiene, Molina salta del camión esperando encontrarse con lo peor. Respira aliviado cuando ve que la mujer está de pie, petrificada, a dos milímetros del paragolpes. Pasado el susto inicial y la indignación posterior, seguro de que la mujer ha querido tirarse debajo del camión, Molina le pregunta si está bien.

—Creo que sí —balbucea Ivonne, temblando.

—¿Quiere que la acerque a alguna parte?

Ivonne niega con la cabeza. Sólo entonces Molina repara en aquellos ojos azules y extraviados, y siente una suerte de piedad mezclada con algo que no puede definir, en la certeza de que esa mujer hermosa y confundida ha querido suicidarse. De pronto Ivonne tiene la inquietante impresión de que había estado a punto de llevar su afán por olvidar y huir hasta las últimas consecuencias. Definitivamente, se dice, el desayuno no le ha caído bien. Siente miedo de sí misma. Siente miedo de todo. Todavía temblorosa, sube al tranvía. Juan Molina se trepa al camión, pone la primera y piensa que, bajo otras circunstancias, se hubiese enamorado perdidamente.

No sospecha que aquel curioso encuentro no es el primero y no ha de ser el último. No imagina que aquellos ojos azules y tristes acaban de marcar para siempre su destino.

Todavía no se ha disipado el pequeño tumulto en torno a las huellas de lo que pudo haber sido una tragedia. La gente comenta el incidente señalando las marcas del caucho adherido al empedrado. Los autos disminuyen la velocidad, los curiosos no dejan de preguntar y los supuestos testigos dan versiones tremendas, exageradas hasta el morbo. Casi nadie ha notado que otro auto que venía por Alvear, un Graham Paige refulgente, estuvo a punto de incrustarse debajo del camión.

—Esta esquina es fatídica —dice un hombre somnoliento, que dormitaba en el mullido asiento trasero del Graham Paige hasta que la repentina frenada lo arrancó de su duermevela, haciendo que se golpeara contra el respaldo de adelante.

—Esa chica volvió a nacer —murmura el chofer señalando hacia la mujer que acaba de subir al tranvía—, esta hora es la peor, salen los borrachos del cabaret, los que llegan tarde van como locos. Es la peor hora —insiste.

El hombre que venía medio recostado ahora se incorpora y mientras el chofer vuelve a poner en marcha el motor, se levanta el ala del chambergo, que momentos antes se había acomodado sobre los ojos para protegerse de la luz, pero sobre todo de las miradas indiscretas y, con una voz límpida, contrastante con su aspecto adormilado, dice:

—Esta esquina es trágica, está escrito que si en algún lugar voy morir, va a ser en esta esquina.

El chofer asiente. Ya conoce la historia. Pero su patrón, apoltronado en el asiento y un poco pasado de copas, se la cuenta por enésima vez. Hace varios años, en 1915 exactamente, él y dos amigos, actores ambos, habían tenido la desafortunada idea de ir al Palais de Glace. Algo, un presentimiento, le decía que no, que por aquellos días no había buen elemento y temía que se pudieran encontrar con cierta "mala yunta" de los tiempos que prefería no recordar. Pero sus amigos insistieron y no quedó lugar para la prudencia si podía interpretarse como cobardía —confesó el hombre del chambergo al chofer, mientras encendía un cigarrillo y apoyaba la cabeza en la ventanilla—, de modo que terminó por asentir en silencio. Una vez adentro, en la penumbra, creyó distinguir detrás de unos bigotes tupidos una cara tristemente conocida, la misma que quería evitar. El pálpito no le había fallado. "Vámonos", llegó a decirle a uno de sus amigos. Pero fue tarde. Ya tenían frente a ellos a cuatro tipos que flanqueaban al de bigotes. Luego sobrevino una pequeña escaramuza sin mayores consecuencias, no más que un intercambio de empujones y alguna recriminación de los viejos tiempos. El asunto pareció quedar zanjado. Cerca de la madrugada salieron, subieron al auto y se alejaron por avenida Alvear hacia Palermo. Pero no podía desembarazarse del mal agüero; giró la cabeza por sobre su hombro y entonces pudo distinguir que los estaban siguiendo. A las pocas cuadras los alcanzaron y les cruzaron el auto. Había que bajarse y arreglar las cosas como hombres, aunque ellos fueran tres y los otros cuatro. No alcanzaron a salir cuando el de bigotes se llevó la mano a la cintura, extrajo un revólver y le gritó: "¡Ya no vas a poder cantar más 'El moro'!". Inmediatamente le disparó a quemarropa. Entonces sintió un ardor en el costado izquierdo del pecho.

—Todavía la guardo de recuerdo —le dice el hombre al chofer, tocándose el tórax y señalando el lugar donde tiene la bala alojada.

—Y todavía sigue cantando "El moro" —agrega el chofer completando la frase que tantas veces le ha escuchado decir.

—Todavía... —dice el hombre del chambergo y vuelve a quedarse dormido.

El nombre del chofer es Antonio Sumaje. El nombre de aquel que descansa, oblicuo, en el asiento trasero con la cara cubierta por un chambergo de fieltro es Carlos Gardel. El conductor mira por el espejo retrovisor y cuando comprueba que el cantor ha vuelto a dormirse, baja la ventanilla, apoya el codo contra el marco y en un murmullo empieza a cantar:

En la curda trasnochada
otra vez parla que parla
la vieja historia maleva
tantas veces chamuyada
y siempre parece nueva.
Suerte que podás contarla.
Que este tango susurrado
te sirva de suave arrullo
para que duermas la mona.
Cuántas veces te he llevado
celebrando en un murmullo
que no quedaste en la lona
por la herida que te han hecho,
que aún así pueda tu pecho
como ninguno cantar
y que mil veces te acuerdes
de que volviste a nacer
y que la puedas contar.

Y, pobre, qué le va hacer
ese pobre patotero
que te mató sin esmero,
que te apuntó pa' pifiarla
y te dejó como un toro;
suerte que podás contarla
y sigás cantando "El moro".

El auto emprende la leve cuesta de avenida Pueyrredón y se pierde tras la lomada de Plaza Francia. Aquella esquina de las tragedias, la que en el año '15 le deparara una bala a Gardel, la misma en la que, minutos antes, podían haber muerto los tres, vuelve a convertirse en una predestinación, como si la suerte de Ivonne, Molina y Gardel, hasta entonces tres desconocidos, estuviese unida por un hilo invisible.

Tres deseos

Estimado público presente, permítaseme aprovechar este brevísimo intervalo para retomar la palabra por un momento y decir, entre nosotros, que algún tiempo habría de pasar antes de que el azar volviera a reunir a Ivonne, Molina y Gardel. El destino suele ser insistente. Las ciudades, por extensas que puedan parecer, no son más que pequeños hormigueros. La gente cree conocerse un determinado día en un preciso momento, pero no debe existir el caso de aquellos que no se hayan cruzado antes sin advertirlo o, tal vez, sin recordarlo. Ahora me ven aquí, caminando sobre este escenario, iluminado por un seguidor, y tal vez no me recuerden. Pero es probable que, en alguna otra ocasión, señora, señor, ya nos hayamos conocido. Es así. Comienzan amistades con el primer apretón de manos, se inician romances a partir del primer cruce de miradas, se celebran matrimonios, un hombre hunde el puñal en el vientre de un desconocido porque no le gustó la forma en que lo miró. Y todos, alguna vez, quizá hayan viajado en el mismo tranvía o en un ascensor, estuvieron en el mismo bar o simplemente se han cruzado varias veces en la calle. De estos pequeños encuentros y desencuentros está hecha la historia. El caso es que muchos años antes de aquella coincidencia que casi les cuesta la vida en la fatídica esquina de Alvear y Callao, Molina y Gardel ya se habían conocido, por así decirlo.

Antes de que el retrato del Zorzal colgara del espejo del camión de Juan Molina, antes aún de que empezara a contagiársele la sonrisa torcida a fuerza de admiración, cuando Molina era apenas un niño que soñaba con ser cantor de tangos, el azar puso a Gardel por primera vez en su camino. Pero tiempo al tiempo. Ya habremos de llegar a ese primer encuentro. Veamos, primero, algunas de aquellas circunstancias que condujeron al pequeño Juan Molina a dar sus primeros pasos en el tango.

Dos

Juan Molina nació en La Boca, en un conventillo de la calle Brandsen. Creció en aquella pequeña Italia, mezcla de Calabria, Sicilia y Nápoles, como si un cataclismo hubiese arrebatado unos terrones a las costas del mar Tirreno, del Jónico y del Mediterráneo, y las hubiera arrastrado hasta el confín del planeta, abandonándolas a orillas del riachuelo más olvidado del mundo. Allí dio sus primeros pasos o, para decirlo con propiedad, entonó las primeras melodías. Su natural disposición a la música estuvo determinada antes aún de que viera el mundo. Su madre era una gallega criada bajo los rigores del campo, una mujer pequeña que cantaba mientras cocinaba, mientras tejía, cuando tomaba mate bajo la parra, y que, con las manos enlazadas sobre el vientre, cantó de emoción celebrando la noticia de que estaba embarazada. Y se diría que el pequeño, envuelto en el cálido refugio del útero, reclamaba el canto de su madre a fuerza de patadas que sólo cesaban cuando volvía a escuchar los dulces tonos de una muñeira. Juan Molina aprendió a cantar antes que a hablar. Bastaba con que escuchara una canción por primera vez para que pudiera memorizar la letra y la melodía y cantarla sin equivocarse en una sílaba, sin confundir una sola nota. Con el tiempo, Juan Molina llegó a ser la primera voz del coro del colegio; en la iglesia de San Juan Evangelista, allá en La Boca, iban hasta los anarquistas para escucharlo cantar. Y viendo la afluencia de feligreses que suscitaba, los párrocos de la iglesia Santa Felicitas y de Santa Lucía, en Barracas, solían disputarse su presencia en el coro. El solo hecho de vivir en La Boca era motivo para que cualquier chico tuviese una natural inclinación hacia el tango, aun ignorando en qué consistía exactamente ser un tanguero. Sin embargo, hubo un acontecimiento fortuito en la vida de Juan Molina que habría de desencadenar la urgencia por ser parte de ese asunto misterioso y, sobre todo, viril; tenía que recibirse de hombre y ese era un título que otorgaba el tango.

Es la hora en la que el sol empieza a ocultarse en el horizonte opuesto al río. Juan Molina, con las rodillas raspadas y embarrado hasta el cuello, va camino a su casa después de haber jugado un partido de fútbol, tan largo como la tarde misma, en el terreno baldío que se extiende entre la trocha angosta y los galpones de la Industrial. Bordea el alambrado invadido por la hiedra y la Santa Rita silvestre que lo separa de las vías cuando, desde un callejón que muere en aquel muro vegetal, escucha los gritos desesperados de una mujer. Se detiene antes de llegar a la esquina y, en la ochava oblicua y filosa, asoma su cara llena de temor. Entonces ve cómo un tipo de espaldas inconmensurables, exageradas, además, por un saco cruzado, aprieta las muñecas de una de las chicas que suelen parar en la puerta de un pequeño y sombrío tugurio escondido en el medio del callejón. Mientras con una sola mano el hombre sujeta ambas muñecas de la mujer, con la otra le cruza las mejillas, de ida con la palma y de vuelta con el dorso. La chica, inmovilizada, no puede hacer otra cosa más que gritar y llorar. Los golpes resuenan contra las persianas cerradas, contra la indiferencia y el temor hecho de abstención y silencio. Era esta una escena familiar para Juan Molina, como habremos de ver

más adelante. Sin embargo, viendo ahora a ese desconocido con la mano en alto, en aquella misma postura que
tanto le conocía a su propio padre, lo gana algo semejante a la furia. Y mientras ve la sangre regada sobre el empedrado, desde su infantil metro y medio, se siente llamado a intervenir. Se ha hecho de noche; desde algún
patio suena un arpegio de guitarra que anticipa una milonga campera. Aquellos acordes recios le dan un coraje
para él desconocido hasta entonces. Levanta una baldosa
quebrada y punzante del suelo, sale desde su escondite y
caminando resueltamente, sobre el compás que marca la
bordona invisible, canta:

> *Así que usted es el guapo*
> *más bravo de la cortada,*
> *el que anda a las cachetadas*
> *y repartiendo sopapos*
> *cuando se trata de minas.*
> *Así que usté es el cafishio*
> *que de Barracas a Alsina,*
> *va con pinta pendenciera;*
> *pero dicen que su oficio*
> *es fajar a las polleras.*

Se diría que aquellas palabras han cumplido su
cometido; el tipo, de inmediato, deja de golpear a la mujer, gira la cabeza sobre su hombro y busca en la línea de
su estatura aquella voz aguda que contrasta con el tono
desafiante. Al no ver a nadie, el hombre baja la vista y
ahí, contenido bajo su sombra, más cercano a la altura de
su cinturón que a la de sus ojos, ve a un chico blandien-
do una baldosa rota. Cuando Juan Molina descubre esa
cara surcada por un bigote fino y unas cejas temibles,
apenas si puede disimular el pánico que lo asalta; se pre-

gunta qué lo ha impulsado a semejante locura. Pero ya esta ahí. Y hay una guitarra que suena y lo anima cuando el tipo sonríe y, con un tono absolutorio, le contesta:

Araca, guarda, qué miedo,
mirá cómo tiembla el pulso,
si tomás algo de impulso
por ahí llegás hasta el ruedo
de mis finos pantalones.
No es pa' tomarte de punto:
mientras arreglo este asunto
vos atame los cordones.

El tipo termina su estrofa, escupe para un costado y, como si nada hubiese sucedido, con una mano toma a la chica por los pelos de la nuca y, con la otra, le descarga un puñetazo en la boca teñida con la sangre que le cae desde la nariz. Si lo pensara dos veces, Juan Molina no lo haría. Pero no piensa; enceguecido por la humillación, se abraza al muslo del hombre y empieza a descargarle golpes con el filo de la baldosa quebrada hasta sacarle sangre de la pierna. Disimulando el dolor, el tipo se convulsiona y, como un caballo que se desembaraza de un domador principiante, hace que el chico ruede por el empedrado. Con un gesto furioso, el hombre suelta a la mujer, que queda tambaleante, gira sobre su eje, camina hasta el cuerpo horizontal de Molina, se toca la pierna y puede comprobar que le brota un manantial de sangre. Quiere hacer ver que está más preocupado por el tajo que le han hecho a sus pantalones que por las heridas:

—Me rompiste los leones —dice incrédulo, se lleva una mano al interior del saco y extrae una navaja, al tiempo que repite:— Me rompiste los leones.

Juan Molina ve cómo el hombre avanza hacia él, a la vez que saca la hoja del mango nacarado con un solo movimiento. Si se diera una segunda oportunidad para pensar, el chico saldría corriendo. Pero en lugar de eso, se aferra a su baldosa filosa y empieza a incorporarse. Quedan frente a frente, por así decirlo, ya que el hombre le saca medio cuerpo a Molina. Se están midiendo cuando, desde algún lugar incomprensible, Juan Molina recibe una sonora bofetada en la mejilla y, de inmediato, recae sobre él un aluvión de golpes e insultos tumultuosos. Tarda en comprender que quien lo está agrediendo es la mujer a la que intenta salvar del tipo. Debajo de aquella catarata de cachetazos y patadas, Molina escucha que la chica, cuyas facciones apenas si se distinguen entre los magullones y la hinchazón, canta indignada:

Si te interesa guardar
un poco de tu salud
ni se te ocurra tocar
un pelo de mi amorcito.
Va a ser sobre mi ataúd
que alguien le vaya a marcar
esa cara de angelito.
Lo defiendo con los dientes,
con las uñas, con el pecho,
si me tiene que fajar,
vos no te hagás el valiente,
será porque algo habré hecho.

En el mismo momento en que están a punto de lincharlo entre los dos, cuando se acalla la lejana guitarra, desde la esquina se escucha la voz de alto de un policía que avanza apuntando con el revólver. Juan Molina recupera el aliento; entonces, desde ese patio recóndito, se alza una pequeña ovación seguida por aplausos. Mientras se aleja en condición de detenido, aunque sabe que esas palmas no están dedicadas a él sino al guitarrista, no puede evitar susurrar un íntimo "gracias".

Los tres terminan en la comisaría, donde se sientan en un banco, a la espera de que el oficial principal los llame a dar explicaciones. El primero en pasar es el hombre que no deja de sangrar por la pierna. Cuando Molina se queda a solas con ella, sus miradas se cruzan y se sostienen durante unos segundos. Entonces el chico cree adivinar un recóndito y fugitivo gesto de gratitud, una mirada de resignación. Sólo entonces Molina comprende que aquella muchacha desfigurada por los golpes le ha salvado la vida; que si no se hubiese interpuesto entre él y el tipo haciendo el número de la cautiva enamorada, su "amorcito" lo hubiese cosido a navajazos. Y mientras mira a esa mujer que intenta mantener los párpados abiertos pese a la hinchazón de los pómulos, Juan Molina siente una piedad infinita y un agradecimiento que ninguna palabra podría expresar.

2

Desde aquel día Juan Molina descubrió que el coro de la iglesia era una frontera, una valla que le impedía buscar su destino de tanguero. Este hartazgo se traducía en aburrimiento, en un sopor irresistible. Apenas si podía mantener los ojos abiertos mientras cantaba los salmos y avemarías, los villancicos navideños y las alabanzas de liturgia. Ahora podemos verlo, de pie, con los brazos colgando desganados, resignado al sermón, esperando su turno para cantar. En este día, precisamente, sucede un extraño acontecimiento que lo termina de convencer de que su destino es el tango. Mientras espera que el cura diga el Padrenuestro, quizá por obra del hastío, cree ver que el párroco vacila como si de pronto hubiese olvidado la oración:

—Padre nuestro que estás… —titubea.

Los feligreses se miran entre sí.

—Padre nuestro… —vuelve a intentar sin éxito.

Entonces, de repente, el cura se descuelga desde el púlpito con la agilidad de un bailarín. La luz de un seguidor lo ilumina. Con los brazos abiertos y una sonrisa hecha con la mitad de la boca, va y viene por delante del coro acompañado por el cono de luz. Con un paso malevo y compadrón, se acomoda la estola y recita:

Padre nuestro que estás en los cabarutes
santificada sea tu sonrisa bien debute
venga a nosotros la musa

hagan tu voluntad las papusas
las del sur y las del norte
el tango de cada día, dánoslo hoy
porque mañana... porque mañana...
quién sabe...

Y ahora el seguidor viene sobre mí. Damas y caballeros, ha llegado mi turno de cantar; sepan disculpar a este modesto servidor, un *speaker* algo viejo que intenta mantener, a falta de una voz privilegiada para el canto, aunque más no sea la elegancia del decir. Señoras y señores, permítanme que les cante lo que ven los azorados ojos de Juan Molina:

Y de pronto, en la misa,
el sermón se hizo chamuyo
el silencio fue murmullo,
y el ceño adusto, sonrisa.
El órgano un dos por cuatro
solo se puso a tocar
y los fieles, uno a uno,
empezaron a bailar.

El padre señala hacia la bóveda de la iglesia y, como respondiendo a una muda orden, el órgano empieza a resoplar el ritmo de la milonga que estoy cantando. Entonces acerco el micrófono cromado y resplandeciente a los niños, quienes, con sus voces celestiales, me acompañan haciéndome los coros:

Y el Jesús,
en su cruz,
lleva el ritmo mistongo
moviendo la pera

mirando el bailongo
en la lóbrega luz de la iglesia.
Otra que Gardel, otra que Le Pera,
el cura junando con mirada recia,
guapa y compadrita
hace un cabeceo
pa' la virgencita.
Y baila que te baila,
se alza la sotana
y ella la capita,
se hacen pavoneos,
cortes y quebradas.
Y en la media luz del confesionario
sinceran su amor
la mujer del doctor
y el tano Vitorio, el que vende diarios.
Y entre tanto fragor,
rezando el rosario,
una viejecita
se afana la guita
de la caridad
y se la encanuta
en su relicario.
Sacando viruta del sagrado suelo
la feligresía ya no espera el cielo.
Y el Jesús
en su cruz
sigue la rima mistonga
moviendo la pera,
mirando a la pálida luz
la sagrada milonga.

Cuando el órgano deja de sonar, se apagan las luces que descendían desde el ábside. Por un momento todo queda en penumbras y reina el silencio. Juan Molina, desde el coro, se frota los ojos y, cuando vuelve a mirar, puede ver al cura en su podio, circunspecto con los dedos enlazados por delante de la estola, recitando el Padrenuestro de siempre. Gira la cabeza de izquierda a derecha buscando mi insólita presencia de *speaker* en aquel ámbito sacro, pero en un cambio de luces ya me he esfumado, saliendo por el foro sin que nadie lo haya percibido. Y allí, sobre los reclinatorios, de rodillas, están los fieles murmurando la oración.

Fue ese día, siendo aún un chico que gastaba pantalones cortos, cuando Juan Molina decidió que lo suyo habría de ser el tango. No sólo las canciones, que ya las conocía, sino el *Tango*. Aquel universo hecho para los más hombres. No bastaba con tener buena voz. Ni siquiera con cantar. El tango constituía un modo de confrontar la existencia, una manera de pararse frente a la vida, una forma de vestirse, de hablar, de fumar y hasta de caminar. No había que tener un cuerpo atlético ni estilizado para bailarlo; de hecho, el bailarín más mentado de los barrios del sur, el Tábano Flores, tenía la apariencia de un tapir, pesaba ciento veinte kilos, pasaba del medio siglo, pero ni el primer bailarín del ballet del Colón podía imitar sus cortes, sus ochos, las quebradas magistrales. A diferencia de la música festiva de los italianos del sur que poblaban La Boca, cuyas canciones se contagiaban de garganta en garganta, se bailaban a cielo abierto y las cantaban los viejos, las mujeres y los chicos; distinto de la música de los gitanos, hecha de voces quebradas por el sentimiento, del virtuosismo de sus guitarras flamencas, cuya escuela pasaba de padres a hijos, el tango no era una herencia familiar, sino, por el contrario, una manzana prohibida, un secreto que se escondía en los cafetines, una Biblia que se predicaba en los cabarets, en los tugurios, en las casas de citas. Y tenía un pontífice, un Santo Padre de sonrisa torcida y chambergo de ala corta y ladeada. Pero, por sobre todas la cosas, el tango era la ilusión de encontrar una respuesta al misterio que constituían las mujeres. O al menos eso creía Molina. Una cosa era indiscutible: el tango era un mundo que se reservaba el derecho de admisión y permanencia, tal como rezaban los carteles en la entrada de las milongas y al que, por supuesto, no tenían acceso quienes sufrían el oprobio de los pantalones cortos. Ese día iba a sellar para siempre la certidumbre que se había instalado en su espíritu el día en que estuvo a punto de morir defendiendo a una mujer: su voz no estaba hecha para el coro de la iglesia.

3

El padre de Juan Molina, un criollo de pocas palabras, un hombre tallado en la madera del rigor, había llegado de madrugada borracho y, quién sabe por qué, furioso. Sin que mediara otro motivo que el de la costumbre, entró en la pieza única en la que vivía toda la familia, se quitó el cinto y, empuñándolo como un rebenque, descargó no menos de veinte fustazos sobre las espaldas menudas de su hijo. Ante el llanto impotente de su madre —sabía que interceder era peor— y el de su hermana menor, Juan intentó mantener la dignidad sin quebrarse. Pero no pudo. Cuando consideró que su espíritu ya estaba pacificado, su padre lo dejó ir, volvió a ponerse el cinturón, se desplomó sobre la cama y se durmió profundamente. Al despertar, como siempre sucedía, habría olvidado todo. Eximido de culpa en la amnesia de la resaca, las cosas volvían a la normalidad como si nada hubiese sucedido. Pero Juan Molina ya no estaría allí. Se vistió rápidamente y, sin decir palabra, salió a la calle y caminó hasta la ribera.

En su caminata sin rumbo, la cabeza gacha, las manos en los bolsillos y un ardor que le latía en la espalda, iba canturreando entre dientes. Juan Molina siempre cantaba. Si su espíritu estaba calmo y feliz, susurraba milonguitas o *canzonettas* italianas cuyo sentido ignoraba, de las que escuchaba a los calabreses y a los napolitanos; si en cambio estaba abatido, cantaba para sí tangos de Contursi o de Vaccarezza. Su forma de razonar, el modo en que establecía su vínculo con el universo era a través de las canciones. Involuntariamente, se sorprendía cantando melodías cuyas letras describían su estado de ánimo. Mientras camina debajo de las recovas de Paseo Colón hacia el norte, sin encadenar un hecho con otro, va canturreando "Vieja Recova". En su marcha lenta y al azar, la mirada perdida en sus propias cavilaciones, piensa en su madre soportando los arrebatos de furia de su padre y, sin darse cuenta, silba "Pobre mi madre querida". Con sus pantalones cortos y sus pasos largos, baja por Paseo de Julio abstraído en el pentagrama de sus pensamientos y en el dolor que le quema la espalda en carne viva; cada vez que pasa por la puerta de alguno de los tugurios, que a la luz del día se ven tan tristes como un borracho sorprendido por el amanecer, se detiene simulando atarse los cordones de los zapatos y mira por el rabillo del ojo hacia adentro, como queriendo descifrar en la bruma, en la mirada de los marineros, en los ojos trasnochados de las mujeres acodadas en la barra, los indicios que el tango ha dejado la noche anterior. Más adelante, en Independencia, dobla hasta Balcarce, cruza la plaza en diagonal y, sin proponérselo, toma Avenida de Mayo hacia el Congreso. De pronto ha cambiado de mundo; ahí, frente a sus ojos, aparece el Tortoni, majestuoso, iluminado por el sol que entra por la claraboya de cristal del techo, confiriéndole la apariencia de una catedral. Sentados a las mesas de mármol, intercambiando frases antecedidas por un formal "vea, doctor", y como si fumar cigarrillos BIS hechos a mano con tabaco traído de Turquía los hiciera sentir verdaderos sultanes, los parroquianos ven pasar la mañana con indolencia. Entonces, Juan Molina mirando los zapatos lustrosos, los trajes de casimir, las camisas de seda, no puede evitar compararlos con sus botines deslenguados, los vergonzosos cortos de lana y su tricota, cuyas mangas ya le han quedado cortas. De pronto tiene el impulso de volver al barrio, pero el solo recuerdo de su padre buscándolo por las calles de La Boca lo disuade. Se aleja del Tortoni canturreando "Niño bien":

...vos te creés que porque hablás de "ti",
fumás tabaco inglés,
paseás por Sarandí
y te cortás la patilla a lo Rodolfo
sos un fifí.
Porque usás la corbata carmín
y allá en el Chantecler
la vas de bailarín
y te mandás la biaba de gomina
te creés que sos un rana
y sos un pobre gil.

No ha terminado la última estrofa, cuando de pronto se queda mudo. En la calle Florida, delante de sus narices, se encuentra con el palacio de sus anhelos: la tienda Max Glücksman. Mira extasiado el piano Steinway de cola en medio del salón, como si fuese el centro de un sistema solar. Alrededor, flotando en el aire colgados por hilos invisibles, hay contrabajos, violines, clarinetes y otros instrumentos cuya existencia desconocía hasta ese momento. Entra como impulsado por la fuerza gravitatoria de aquel universo hecho de maderas preciosas y bronces pulidos. Camina temiendo que un movimiento en falso pueda provocar un súbito Apocalipsis; de pronto, al distinguir algo en un confín de ese mundo, queda petrificado. Entonces los pianos ingleses, los violines alemanes y los cellos italianos desaparecen. Perdida en un rincón lejano, como una estrella apagada, ahí, vertical

y solitaria, descansa una guitarra criolla. No tiene nada
en particular. De hecho, se diría que se destaca por su
despojada simpleza. Juan Molina se acerca, estira el índice, pero no se atreve a tocarla. A sus espaldas suena
una voz:

—¿En qué puedo servirlo?

Tarda en comprender que se están dirigiendo a él.
Gira la cabeza sobre su hombro y ve a un vendedor tan
amable que le resulta sospechoso. Nadie le había hablado
antes con semejante deferencia. No sabe qué contestar.

—Quizá el joven se la quiera probar —dice el
empleado con una sonrisa resplandeciente, al tiempo
que toma la guitarra por el mango y la gira con destreza
con una sola mano. Antes de que el chico pueda articular
palabra, agrega:

—La tenemos en oferta.

Juan Molina duda de que lo que lleva en el bolsillo pueda alcanzar el monto de la oferta: un cigarrillo
arrugado, un puñado de pelusa de lana, unas cuantas he-
bras de tabaco sueltas y, lo más valioso, una cápsula de
revólver vacía que lleva como amuleto. Sin embargo, no
puede sustraerse al ofrecimiento. Quizá sea la única
oportunidad de tener una guitarra entre sus manos. La
toma con pavura, se sienta en un taburete, la recuesta sobre el muslo y la acaricia. Pulsa la bordona al aire y apoya
la oreja sobre la madera, como si estuviese probando la
resonancia de la caja, pero no es más que una excusa para
abrazarla. Se aferra a la guitarra como queriendo que
aquel romance no termine nunca. Hasta ese momento
sostiene la creencia de que el canto y la guitarra guardan
una relación natural. Vuelve a tañer la cuerda y sólo entonces descubre que no sabe tocar. La abraza con más
fuerza, apretando la cara sobre el lomo lustrado, esta vez
para ocultar un llanto ahogado. No tiene forma de sacarle

sonido ni puede quedársela para descifrar, con el tiempo, su femenina naturaleza. Y así, aferrado al cuerpo curvilíneo de la guitarra, empieza a canturrear un tango desconsolado:

Si pudiera un suspiro arrancarte,
si supiera un acorde templar,
si mis manos torpes, principiantes,
tuviesen el arte
de saberte acariciar...

Abrazado a tu fina cintura
de naifa bien milonguera,
recorriendo tu hermosura
te miro y no sé qué hacer
más que rogarte y querer
que seas mi compañera.

No es de machos sollozar
sobre el hombro de una mina,
te juro que me da inquina,
no sé por dónde empezar
entendeme, corazón,
soy apenas un pichón
que aún no aprendió a volar.

Ay, no me digás que no,
no me negués tu querer,
vigüela, ya vas a ver
que ninguno como yo
te va a saber entender.

No sé cuándo, no sé cómo,
pero te juro, vigüela,

que voy a hacerme de aplomo,
que esto no termina aquí,
yo sé que en un día de estos,
a la luz de una candela,
vas a decirme que sí.

El vendedor, ajeno a las íntimas tribulaciones musicales del chico, le dice:

—También ofrecemos créditos a sola firma; se la lleva hoy, la empieza a pagar el mes que viene.

Entonces Juan Molina separa lentamente la cara de la guitarra, se pasa el puño de la tricota por los ojos, se incorpora y, sin soltar la guitarra, midiendo la distancia que lo separa de la puerta, calculando los obstáculos que se interponen, susurra:

—Está bien, la llevo.

No termina de decir la frase cuando, aferrando la guitarra bajo el brazo, sale corriendo. Primero esquiva al vendedor que se pone en su camino con los brazos abiertos, después salta un acordeón refulgente que descansa sobre un pedestal bajo, bordea la cola del piano y, finalmente, alcanza la puerta, que lo espera abierta de par en par. Corre contra la multitud, escuchando a sus espaldas los gritos del empleado que va tras él. La marea humana que inunda Florida le juega a favor: su baja estatura y su pequeña y escurridiza persona le permiten abrirse paso como una liebre entre el follaje. Está por alcanzar la esquina de Viamonte cuando, desde la nada, justo frente a él, ve cómo se alza la figura de un policía. En una fracción de segundo imagina el calabozo de la Primera, piensa en el oprobio y la furia de su padre teniendo que admitir ante el comisario que su hijo es un ladrón, puede escuchar el llanto de su madre, los comentarios de los vecinos y, otra vez, los fustazos de cinto sobre la espalda.

En ese momento puede sentir la mano del policía que lo toma de la muñeca. No está dispuesto a entregarse sin luchar. Se aferra a la guitarra como si fuera la única certeza, abre la boca cuanto puede y muerde. Muerde y tira del dedo meñique del policía con la firme convicción de un perro. De pronto y sin entender por qué, está libre y corriendo nuevamente, se cerciora de no tener el dedo de su captor en la boca y continúa su carrera. En Corrientes se detiene exhausto y puede comprobar que ya nadie lo persigue. Pero la guitarra es un botín demasiado evidente que lo delata como un traje de preso. En su cabeza resuenan frases en letra tamaño catástrofe, tales como: "Robo, desacato, agresión a la autoridad". Ya puede verse picando piedras en la recóndita Ushuaia, a la vez que, para sí, canta "La gayola":

Me encerraron muchos años en la sórdida gayola
y una tarde me libraron... pa' mi bien... o pa' mi
mal...
Fui vagando por las calles y rodé como una bola...
Pa' comer un plato 'e sopa, ¡cuantas veces hice cola!
Las auroras me encontraron largo a largo en un
umbral.

El policía ya debe haber pasado el parte y seguramente lo andan buscando, piensa Juan Molina. Lo primero que tiene que hacer es descartar la guitarra en algún lugar donde pueda recuperarla. Gira la cabeza a uno y otro lado y entonces, sobre Suipacha, ve los tablones verticales que tapan un terreno baldío. Camina resuelto, comprueba que nadie lo esté mirando, atisba entre la ranura de dos tablas y puede ver que al otro lado hay un montículo de arena. Se aleja un paso, calcula el tiro y arroja con fuerza la guitarra de modo tal que pasa sobre el talud. Vuelve a mirar por el resquicio y suspira aliviado cuando ve que ha caído horizontal en el lugar justo sin dañarse. Entonces toma carrera, da un salto, trepa a la tapia y en dos movimientos precisos, está del otro lado. Busca algún sitio que sirva de escondite y en el que quede protegida. En el fondo hay unas chapas apiladas. Separa una, la eleva del suelo con unos ladrillos y ahí, debajo, oculta la prueba del delito. Vuelve sobre sus pasos y alcanza la calle nuevamente, silbando y sin mirar a los transeúntes que lo vieron descender de las alturas.

Se había hecho la noche. Juan Molina se confrontaba a un dilema sin solución aparente: cada hora que pasaba era un leño más que se agregaba al fuego, pero la idea del regreso lo aterraba. Y así, mientras más dilataba la decisión inexorable, sabía cuánto más brutales habrían de ser las consecuencias. En ese mismo momento la casa debería ser un pandemonio. De sólo imaginar los gritos de su padre, las lágrimas acalladas de su madre, el llanto aterrado de su hermana menor, lo único que anhelaba era que se lo tragara el asfalto. Llegó a albergar la idea de no volver. Pero ya podía ver la angustia de su madre tejiendo las más negras conjeturas. Por otra parte, era un hecho insoslayable que, en verdad, no tenía adónde ir. Había caminado todo el día y tenía el estómago vacío. Las tripas le hacían ruido, retorcidas por el miedo más que por el hambre. Había caminado en círculos. Una y otra vez, como un caballo que no quisiera alejarse de la querencia, volvía a Corrientes. Pero ahora, al doblar por Esmeralda, por primera vez la ve de noche. Queda absorto. Como si un ejército de utileros hubiese preparado los decorados, Juan Molina descubre las luces del centro. Y se escucha tango. Todavía no han empezado a tocar las orquestas, pero ya se escucha tango. En las marquesinas de los cabarets que compiten en fulgores, en los cabriolets americanos desde cuyo interior descienden mujeres que llevan medias de red, en las pantorrillas desnudas, en las boquillas interminables que brotan de las boquitas pintadas, en los trajes de los "nenes bien" que salen a la caza de las chicas "mal", en las chicas "bien" que se ruborizan ante las miradas carnívoras, en las estampidas de los corchos del Cordón Rouge o del Qlicquot, en el interior de los frasquitos que contienen aquel misterioso polvo blanco que se trafica en la esquina, en ese perfume hecho de champán y tabaco, mezclados por un viento que parece insuflado por el fuelle de un bandoneón, en cada baldosa de Corrientes, el tango es una presencia invisible que todo lo contiene. Juan Molina, desde su estatura mínima, disminuida aun más por el efecto de la grandiosidad del paisaje, ahora entona las estrofas de "Corrientes y Esmeralda":

Amainaron guapos junto a tus ochavas
cuando un cajetilla los calzó de cross
y te dieron lustre las patotas bravas
allá por el año… novecientos dos…

Esquina porteña, tu rante canguela
se hace una melange de caña, gin, fitz,
pase inglés y monte, bacar y quiniela,
curdelas de grappa y locas de pris.

Plantado en la esquina, Juan Molina canta a voz en cuello como si se resistiera a ser poco menos que nada en aquel universo para él inconmensurable, como quien se rebelara al hecho de pasar inadvertido.

El Odeón se manda, la Real Academia,
rebotando en tangos el Royal Pigall,
y se juega el resto, la doliente anemia
que espera el tranvía para su arrabal.

De Esmeralda al norte, del lao de Retiro,
franchutas papusas caen en la oración
a ligarse un viaje, que se pone a tiro,
gambeteando el lente que tira el botón.
En tu esquina un día, Milonguita, aquella
papirusa criolla que Linnig mentó,
llevando un atado de ropa plebeya
al hombre tragedia, tal vez encontró...

Quizás a causa del extraño contraste de su tono angelical con la reciedumbre de la letra, acaso por la pura voluntad de existir en medio de ese mundo en el que hay que ganarse un lugar, empieza a arremolinarse un grupo de gente en torno de Juan Molina. De pronto el tumulto se va ordenando en dos grupos iguales en número y enfrentados entre sí: de un lado los hombres, del otro, las mujeres; los nenes "bien" cabecean a un tiempo a las chicas "mal" y se trenzan en un baile canyengue alrededor del pequeño cantor.

Tu glosa en poemas, Carlos de la Púa
y el pobre Contursi, fue tu amigo fiel...
En tu esquina rea, cualquier cacatúa
sueña con la pinta de Carlos Gardel.

Esquina porteña, este milonguero
te ofrece su afecto más hondo y cordial,
te promete el verso más rante y canero
para hacer el tango que te haga inmortal.

En el mismo momento en que Juan Molina termina de cantar, a pocos metros de la esquina se forma otro tumulto; tiene la ilusión de que aquella nueva muchedumbre se ha acercado para escucharlo a él. Pero de inmediato puede ver que la improvisada coreografía se disuelve y corre poco menos pasando por encima de su diminuta persona. Después escucha un griterío, frenadas de autos, gente apurando el paso, todos agolpándose en la puerta del Royal Pigalle. Impulsado por la misma inercia de la multitud, se encuentra en el ojo del ciclón humano. Entonces levanta la vista y cree estar soñando: a un paso de él, sonriendo y saludando, estrechando manos y devolviendo halagos, ahí está Carlos Gardel. Como un peregrino que después de caminar durante semanas viera La Meca, sin proponérselo, Juan Molina extiende el brazo. Gardel lo toma de la mano, lo atrae hacia él y le despeina el jopo con una caricia. Después no recordará nada más. No sabrá en qué momento se dispersó el tumulto. No sabrá cuánto tiempo pasó hasta que se sorprendió solo y petrificado frente a la puerta del cabaret. Entonces, con una resolución inédita, camina hasta el baldío, busca la guitarra y decide volver a su casa sin importarle lo que le espera.

Juan Molina soportó estoicamente la sentencia sumaria de su padre. A los fustazos de la madrugada, ahora debía agregarle los latigazos de la noche. Se quitó la camisa y, sin oponer resistencia, dejó que se cumpliera la condena. No derramó una lágrima mientras el cinto chasqueaba su furia sobre la carne viva, no profirió un solo grito, ni dejó escapar siquiera un lamento. No había nada que pudiera disuadirlo de su convicción. Solamente tenía que armarse de paciencia para esperar que llegara el gran día.

Muchos años pasaron desde aquel primer encuentro hasta aquel otro en que el auto de Gardel estuvo a punto de incrustarse contra el camión de Molina. Pero, como ya he dicho antes, el destino suele ser insistente y, más adelante, volvería a reunirlos, tal como suele suceder en las tragedias.

Si alguien le hubiese dicho a Juan Molina que ya conocía a aquella mujer que casi muere aplastada debajo de su camión, no lo hubiese creído. No porque fuera imposible, sino porque hubiera jurado que sería incapaz de olvidarla. Pero la memoria suele ser caprichosa. Quizá la brutalidad de la escena colaboró para que, desde ese día, Molina recordara el azul de aquellos ojos tristes y ausentes, aquella figura espigada y esas piernas largas, temblorosas, que apenas la mantenían en pie. Sin embargo, aunque ninguno de ambos pudiera recordarlo, Ivonne y Molina ya se habían conocido, como veremos más adelante.

Muy pocos sabían el secreto mejor guardado por Ivonne. Cobraba como puta francesa, hablaba como francesa y vestía igual que las francesas. Pero Ivonne no era francesa sino polaca. Sin embargo, resultaba difícil convencerse de que no fuera oriunda de París, tal como mentía. Su nombre era Marzenka y había nacido en las afueras de Deblin. Muchos años antes de convertirse en Ivonne, aquella muchacha radiante y candorosa cantaba como los ángeles y tocaba al piano las alegres canciones de su país. Nada anhelaba más que pisar las tablas de los teatros de Varsovia. Contrariando los deseos de sus padres, que jamás habían ido más allá del límite del río Vístula, un día les comunicó la decisión irrevocable: se iría a la capital. En Varsovia integró un ballet de pseudo *cocottes* en un club nocturno; fue allí, entonando las letras de las canciones, donde aprendió las primeras palabras en francés. Poco le faltó para llegar a ser solista; el mismo día en que el director de la compañía iba a darle la buena noticia, un hombre apareció en su camino. Un francés, un auténtico francés de Francia, Monsieur André Seguin, puso frente a sus narices un contrato irresistible. Como tantas otras mujeres jóvenes, ante el desolador panorama de su tierra eternamente devastada, embelesada por las promesas del representante artístico, creyó estar tocando el cielo con las manos. Sus ojos juveniles brillaron de ilusión frente al contrato que le ofrecía la posibilidad de hacer carrera en la lejana París de América del Sur. Enceguecida por la felicidad, ni siquiera había podido leer aquel contrato escrito en una lengua para ella indescifrable, y que habría de convertirse en su sentencia.

Cuando aquella joven polaca descendió del barco y puso un pie en Buenos Aires, descubrió que algo andaba mal. Junto a un grupo de mujeres aterradas, la llevaron a una pensión miserable del barrio de San Cristóbal, un caserón mucho más pobre que su casa de Deblin. Le retuvieron los papeles y allí la dejaron, encerrada durante un tiempo que ni siquiera pudo calcular, bajo la celosa vigilancia de una madama temible que tenía el porte de un buey. Ninguna de sus compañeras de cuarto hablaba su lengua. De hecho, todas hablaban idiomas diferentes. En la jerga, a este encierro se lo conocía como "período de ablande". Y tenía un propósito bien determinado: ante la reclusión, que parecía no tener fin, bajo el argumento de que aún su representante, André Seguin, estaba tramitando la residencia sin la cual podían ser encarceladas, cualquier otra situación, cualquier otro lugar aparecía como una alternativa más feliz. Cuando Monsieur Seguin consideraba que ya sus espíritus estaban lo suficientemente doblegados por el destierro primero, por el cautiverio después, él personalmente se llegaba hasta el conventillo y se presentaba como su protector ante las autoridades. Les hacía saber que el gran día estaba próximo y, para convencerlas, con una sonrisa de oreja a oreja, depositaba sobre una de las camas una valija inmensa, la abría lentamente creando cierto suspenso y, por fin, exhibía su deslumbrante contenido. Ante la mirada atónita de las chicas, empezaba a repartir ropa: vestidos de seda modelo Charleston, collares de perlas que parecían auténticas, refulgentes zapatos de taco, sombreros forrados en terciopelo y brazaletes de brillantes como jamás habían visto. Entonces las torturas de la espera y el encierro se veían largamente recompensadas, las promesas que hasta entonces parecían destinadas al desengaño volvían a cobrar fuerza. Luego de lo cual, André se retiraba como una suerte de Mesías, dejando que las muchachas, vestidas como verdaderas artistas, recobraran sus ilusiones. Aquella jovencita venida desde Polonia se sorprendía comiendo un guiso miserable, hacinada en un cuarto descascarado, paradójicamente ataviada como una reina. Emperifollada con alhajas, sedas y gasas volátiles roía un hueso de osobuco, rascándolo hasta el caracú. El encierro se prolongaba durante un tiempo más, hasta que llegaba el momento esperado: por primera vez en semanas veían la luz de la calle. Entonces, separadas en grupos, eran conducidas hasta un lujoso cabriolé manejado por un chofer de librea que las llevaba hasta el Royal Pigalle. Cuando esa chica polaca vio por primera vez el cabaret, tuvo que contener las lágrimas nacidas de la emoción; el anhelado sueño empezaba a tomar forma. Miraba el escenario y se imaginaba cantando sentada al piano. Contemplaba los cortinados y las alfombras, el lujo del mobiliario, las botellas de champán francés que corría como agua, veía el palco donde tocaba la orquesta y se le anudaba la garganta. Pero, claro, todavía no era el momento, ya habría de llegar, aseguraba André. Primero tenía que familiarizarse con el idioma, conocer mejor el lugar y, sobre todo, frecuentar gente, alternar. El gerente había visto en aquella chica polaca de piernas largas y cintura breve, en sus ojos azules y su figura espigada, en su afán de triunfo y su gusto por el lujo, un potencial que la diferenciaba de las demás. Le enseñó primero ciertas formalidades: cómo sentarse, de qué manera tomar la copa de champán, cómo fumar, de qué modo mirar a sus eventuales interlocutores, con quién hablar y con quién no. Para cantar ya habría tiempo, ella era todavía muy joven y antes debía conocer todos los secretos que habrían de allanarle cada peldaño en la larga escalera hacia el éxito. Le hablaba siempre en español, en un pausado y paciente castellano plagado de gestos y salpicado con algunas expresiones en francés. Le dijo que olvidara su antiguo nombre y su remota nacionalidad; a partir de ese momento habría de llamarse Ivonne y haber nacido en la mismísima París. Bajo ningún concepto tenía que revelar que era polaca, las cantantes más requeridas eran francesas, le decía. Al principio la muchacha lo miraba con unos ojos llenos de desconcierto: no entendía más que los gestos. Pero poco a poco fue aprendiendo a descifrar algún sentido en los ampulosos discursos de André. Más tarde pudo pronunciar unas pocas palabras y luego intentar una que otra frase. Para que empezara a cantar sobraba tiempo, le decía el francés.

El Royal Pigalle era apenas una perla más en el sórdido collar de la trata de blancas, cuyas cuentas se enlazaban desde su sede en Marsella y se extendían por Varsovia, París, Lyon y, al otro lado del Atlántico, cubría las plazas de Río de Janeiro, Santiago de Chile y Buenos Aires. La filial instalada en el Plata proveía personal supuestamente artístico —coristas, bailarinas y cantantes de café concert— a los distintos cabarets porteños. Prostituir a las jóvenes llegadas desde Europa era una tarea costosa y paciente. Los artífices de este negocio, personajes muy respetados en los círculos políticos y sociales, eran los hermanos Lombard. Nacidos en la isla de Córcega, los cuatro hermanos dividían sus tareas entre Marsella y Buenos Aires. Detrás de la firma Lombard Tour se escondían los rentables nexos con Charles Seguin, dueño, además del Royal Pigalle, del Teatro Casino Opera, el Esmeralda, el Parque Japonés, el Palais de Glace y el legendario Armenonville. Su hermano, André, era quien regenteaba cada uno de los locales y "compraba" el personal "importado" por la agencia Lombard Tour.

—Para empezar a cantar sobra tiempo —le decía André a Ivonne, mientras fijaba su mirada en la unión de sus pechos adolescentes.

—No hay ningún apuro —le decía, recorriendo con sus ojos la extensión de sus piernas largas y torneadas.

Entre otras tantas cosas, antes debía aprender a bailar el tango.

Como todas las semanas, André Seguin llega al conventillo donde están sus chicas. Las mira sonriente y paternal, las reúne en torno de él y, como un generoso protector, después de repartir ropa entre todas ellas, las conmina a abrazarse y les da las primeras lecciones de baile. Marcando el compás, las alienta a que bailen mientras él canturrea algún tango improvisado:

Dicen que el de papirusa
es el más antiguo oficio,
no es que discuta de vicio,
te lo digo de querusa:

Pa' que labure una mina
antes debió haber cafishio.
Viejo dilema el que acusa:
¿fue el huevo o fue la gallina?
Qué importa cuál fue el inicio,
qué fuera de la minusa
si no hay quien la patrocina.

André Seguin disfruta al ver cómo sus pupilas enredan sus cuerpos, enlazan las piernas y las unas recorren con sus pantorrillas los muslos de las otras, al tiempo que canta:

Pardon madame et monsieur,
con tanta disquisición
aún no me presenté.
Yo soy el mentor de Ivonne,
me baten franchute André,
entre todos los cafiolos
soy el único francés.

Vine del Sena al Riachuelo
sabiendo que en este suelo
yo iba a ser el más bacán,
la verdá que en Notre Dame
era un gil de medio pelo,
pero aquí, bajo este cielo,
ser franchute te da glam.

A André Seguin le gusta jugar el papel del perdedor; mientras canta su canción autocompasiva, insta a sus protegidas a que aproximen más aún labio con labio, a que sujeten la cintura de su compañera con más resolución, a que se miren con sensualidad.

> *Tengo tantas papirusas*
> *que es difícil de contar,*
> *polacas, francesas, rusas,*
> *soy el colmo del cafiolo;*
> *te lo voy a confesar:*
> *si quiero a cualquiera de esas,*
> *pa'no pasarla tan solo,*
> *me dicen: hay que garpar.*

Mientras canta su lamento fingido, Andre Seguin sólo se limita a mirar y dar indicaciones. Él no participa de los bailes. Ve cómo se tensan los músculos de las jovencitas, cómo se deslizan las medias de red sobre la piel, de qué manera se rozan los pechos entre sí, y disfruta íntimamente a la vez que entona:

> *Dirás que morfo de arriba,*
> *que vivo sin laburar,*
> *que me tiro en la catrera*
> *a esperar a que las pibas*
> *revoleen la cartera*
> *y vengan con todo el vento.*
> *Dejame hacer mi descargo,*
> *te lo digo, te lo juro,*
> *no son monjas de convento*
> *las chicas, te las encargo,*
> *estas sí que dan laburo;*
> *se te rajan con un cuento*
> *y las tenés que ir a buscar*
> *con el chumbo del sargento.*

El gerente del Royal Pigalle canta mientras evalúa el potencial que encierra cada una de las chicas. Ya ha notado que Ivonne tiene una disposición natural hacia el tango. Es un hecho notable cómo aprende a bailarlo más rápido y mejor que las demás. Y con una sensualidad que pocas veces ha visto Seguin. Hay algo en su adolescente persona que lo inquieta. Siendo que es mucho más delgada de lo que un hombre puede esperar de una mujer, adivina un talento recóndito al que sólo hay que dejar madurar, darle tiempo, piensa el gerente y canta:

Que las pilchas, que el perfume,
que la seda y el percal,
que el arreglo con la cana,
haga cuentas, vamos, sume,
otra que una bacanal,
si voy a creerme un rana.
Cualquier fiolo de arrabal
que en pipa no se la fume
no ha de pasarla tan mal.

Y así era siempre, después de llorar una inexistente miseria, André Seguin concluía sus lecciones de tango y luego pedía que lo dejaran a solas con Ivonne. Él mismo fue su primer cliente. Fue André quien la recompensó con una paga por cierto bastante poco generosa. Y también André fue el primero en extender una línea blanca y perfecta sobre la mesa de mármol negro y hacerle probar el polvo mágico de la felicidad. Ivonne comprendió que en las hábiles manos de aquel lobo disfrazado de cordero estaba puesto su destino.

5

A los dieciocho años Juan Molina entró a trabajar en el Astillero del Plata. Las duras jornadas de doce horas le habían dejado un cuerpo ingente y macizo que contrastaba con su cara todavía aniñada. Atrás habían quedado los tiempos del coro de la iglesia; aquella voz angelical de soprano se había convertido en la de un tenor. Cantaba siempre. Lo hacía con la naturalidad de quien piensa en voz alta. Mientras cargaba al hombro las vigas de acero, tarareaba los tangos de Celedonio arqueando una ceja y poniendo la boca de costado. Después de hombrear las vigas y cargarlas sobre la caja del camión, se sentaba al volante y se sentía el más grande. Manejaba el imponente International por los angostos caminos del Dock haciendo equilibrio entre los muelles al filo del río, cantando con el cigarrillo pegado a los labios. Los pantalones cortos eran ahora un amable recuerdo. Cuando caía el sol, aquellos mismos que unos años atrás iban a la iglesia sólo para escucharlo cantar, ahora se reunían en el café del Asturiano apurándolo para que templara la bordona y cantara algunos tangos. En torno a él se formaba un círculo apretado que, a viva voz, le pedía tal o cual canción. Con el tiempo había iniciado un tormentoso romance con su guitarra; por momentos era una amante dócil y una dulce compañera. Otras veces, en cambio, se tornaba indómita y se negaba a los arpegios pretenciosos. Así como no hay maestros para el amor, tampoco los hay para la música, solía decir Juan Molina. Su obcecado carácter autodidacta le había impreso a su modo de cantar y de tocar la guitarra un estilo personal e inconfundible. No sabía, ni le interesaba, escribir sobre el pentagrama.

Había saldado casi todas sus deudas con el pasado. Cuando cobró su primer sueldo, pagó lo que le debía al señor Glücksman. Una tarde llegó al negocio de la calle Florida, se acercó al mostrador y cuando el empleado reconoció aquella misma cara puesta ahora sobre un cuerpo descomunal, empalideció a la vez que le decía:

—Llévese lo que quiera, pero, por favor, no me mate.

Juan Molina sonrió con la mitad de la boca, se llevó la mano al bolsillo, extrajo un puñado de billetes y, poniéndolo en la mano del vendedor, le dijo:

—Ahí le dejo. Están sumados los intereses del crédito.

Ya no vivía con sus padres en el conventillo de la calle Brandsen, allá en La Boca, a causa de un hecho que lo obligó a marcharse para no volver: una noche, al llegar a la casa después del trabajo, desde la cocina, en lugar del esperado aroma del puchero, Molina percibe los sollozos silenciados de su madre. Corre, abre la puerta y ve que tiene la cara oculta entre las manos. Se acerca; delicadamente y contra la resistencia que le opone, le hace mostrarle el rostro. Entonces puede ver un hematoma que le mantiene el párpado cerrado y un corte sobre la ceja. La abraza y las lágrimas de ambos se confunden en una sola. La aleja suavemente y le susurra: "ya vuelvo, viejita". La madre intenta detenerlo. Pero es tarde. Juan Molina sale de la cocina, camina hasta el patio y busca entre los inquilinos. Allí, al fresco de la parra y tomando mate, está su padre. De pie bajo el vano de la puerta, Juan Molina grita:

—¡Así que usted es el guapo!

Por toda respuesta el hombre dirige una mirada incómoda, oblicua, sobre los involuntarios testigos.

—Así que el malevo ahora les pega a las mujeres —dice el hijo levantando el mentón.

Como por instinto, el hombre deja el mate en el piso y se lleva la mano al cinto. Fue lo peor que pudo hacer. Juan Molina recuerda, en un solo segundo, los infinitos fustazos que había recibido desde que tenía uso de razón. Y no puede evitar revivir la escena de su infancia, aquella en la que estuvo a punto de morir a manos del cafishio que le pegaba a su protegida. Las mujeres que lavan la ropa en los piletones desvían la mirada, hundiendo la cabeza entre los hombros.

—A ver el taita del barrio si se mete con uno de su tamaño.

Juan Molina saca pecho, avanza un paso, pone los brazos en jarra y con una expresión turbada por la furia, acompañado por el ritmo acompasado de las tablas de fregar, canta:

Así que usted es el guapo
más bravo del conventillo
el que a punta de cuchillo
amenaza con sopapos
cuando se pasa de copas.
Así que usté es el malevo
más taura que dio la Boca,
el que anda por Montes de Oca
y se agranda en Puerto Nuevo.

Juan Molina se adelanta otro paso al mismo tiempo que su padre retrocede. El sonido de los nudillos de las mujeres fregando ropa nerviosamente contra la madera acanalada marca una percusión machacona.

Hay que ver sus epopeyas
de cuchillero matón,
que en el puente de Pompeya
la va de general Roca
peliando contra un malón.
Pero dicen los murmullos
que su fama es un chamuyo,
que su más feroz andanza
era pegarle en la panza
a su mujer cuando gruesa.

Mientras canta, la cara de Juan Molina se va llenando de odio y rencor. Los pocos testigos que hay en el patio salen, queriendo pasar inadvertidos. Sólo quedan las mujeres lavando de espaldas que simulan no darse por enteradas.

Las llevo como un tatuaje
las marcas que me hizo el guapo
cuando venía borracho.
Qué diría el malevaje
si viese pegando el macho
a un purrete de seis años;
le hubiesen roto la jeta
los muchachos del estaño
al ver caer su careta.
Hay uno de su tamaño
que anda buscando revancha,
que no le importan las marcas
que la dura fusta deja,
que va a limpiar esa mancha
de haber fajado a la vieja.

El hombre sigue retrocediendo hasta que su espalda toca la pared, sin atinar a hacer otra cosa, se quita el cinturón y, en el momento en que está por descargar el latigazo, Juan Molina le detiene la mano en el aire; cegado todavía por el fulgor de la sangre de su madre, lo toma por el cuello y aprieta.

6

Molina estaba enceguecido. Una furia largamente contenida, pacientemente cultivada a fuerza de fustazos que le habían dejado cicatrices en la espalda y llagas abiertas en el alma, lo transfiguró convirtiéndolo de pronto en alguien irreconocible. Nunca nadie sabrá qué hubiese pasado si su madre y su hermana no le hubieran implorado que lo soltara mientras, cegado, apretaba el cuello de su padre. Pero esa misma noche Juan Molina hizo las valijas, cargó su guitarra y se fue sin saber a dónde. Como aquel día, cuando había escapado por primera vez de su casa, caminó por la calle Brandsen hacia la ribera. En Vuelta de Rocha se sentó sobre sus petates de cara al Riachuelo. El agua, un espejo negro y estático, reflejaba los cascos de los barcos y las luces titilantes de los silos. Aquel pequeño triángulo frente al río oscuro, una suerte de islote en medio del empedrado, era el lugar que lo recibía cuando no tenía adonde ir. Así lo había hecho siempre, desde que era un niño. Se sentaba, encendía un cigarrillo de los que le robaba a su padre y desde aquel atalaya a ras del suelo veía cómo los barcos llegados desde el otro lado del Atlántico atracaban en la dársena. Miraba cómo tendían la planchada enclenque y entonces aparecían los rostros de aquellos que llegaban al puerto del fin del mundo. Descendían en tumulto, vacilantes, sin saber qué les iba a deparar ese suelo que parecían no atreverse a pisar, como si intuyeran, aunque no quisieran saberlo, que nunca más habrían de volver. Pero ya no había vuelta atrás. Hacía algún tiempo, en uno de esos barcos, había llegado una muchacha cuyos ojos azules intentaban descifrar aquel cielo distinto, aquellas estrellas que formaban figuras inéditas. Lo primero que vio esa chica polaca que avanzaba por la frágil planchada aferrándose a las cuerdas, fue un muchacho solitario que fumaba sentado frente al río. Aquella imagen, la primera, le oprimió el corazón, se sintió más sola que nunca. Fue en ese preciso instante cuando las miradas de Juan Molina y la de aquella que habría de ser Ivonne se cruzaron por primera vez. Luego todo se perdió entre el tumulto y el olvido. Mucha agua había pasado debajo del puente oxidado desde aquel episodio hasta aquel otro, en el que Molina casi la atropelló con el camión.

Y ahora, en ese mismo lugar, sentado sobre sus petates, Juan Molina mira aquel paisaje de toda su vida y, como si fuese la última vez que habrá de verlo, se deja acompañar por el ritmo del motor de una barcaza remolcadora que se aleja, y canta en un susurro:

Sirena de los vapores,
triste lamento del puerto,
no me lloren que no he muerto
aunque tenga el corazón
como un páramo, desierto.
Tampoco me traigas flores
glicina del paredón,
sólo quiero tu perfume
llevarme como un aserto
porque esta noche me voy.

No llores lágrimas moras
parra de mi conventillo,
llevo un racimo de sombra
para estar a tu cobijo
cuando me llegue la hora
de habitar otros ladrillos.
Yo no sé cómo se nombra,
quizá un poeta lo dijo,
este dolor que se siente
cuando tiene que irse un hijo.

No quiero sentir tu queja
café que tanto me diste,
otro ha de ocupar la silla
que este parroquiano deja;
no me hagás que afloje ahora,
no tenés por qué estar triste.
Aprovecho que apoliya
el barrio antes de la aurora,
que la luna arriba brilla,
que el canto del grillo insiste;
luna, sé mi confidente
no quiero que a nadie cuentes
que llorando a mí me viste.

Viejo puente del Riachuelo
no vas a sentir mi ausencia
soy como pingo 'e carrero
que vuelve pa' la querencia
aunque ande por otro suelo.
Adiós, almacén tanguero
de la calle Montes de Oca,
recordarte es mi consuelo,
tu música, mi única herencia;

mi alma se queda en la Boca,
todas las cosas que quiero.

Luego todo fue silencio y oscuridad. Juan Molina encendió un cigarrillo, buscó en sus bolsillos y pudo comprobar que las pocas monedas que tenía no le alcanzaban siquiera para pasar la noche en el hotel más miserable. En eso estaba, cuando a sus espaldas escuchó que le decían:

—¿*Il signore ha bisogno di una stanza?*

Juan Molina se dio vuelta sorprendido y vio a un tipo con cara de pájaro que fingía estar bien vestido. Y, por cierto, también simulaba hablar italiano. Tardó en comprender la situación. Esa tarde, como sucedía cada mes, había llegado el Nadine, el vapor que hacía la ruta Génova-Buenos Aires, cargado de inmigrantes. Entonces Juan Molina cayó en la cuenta: nada lo diferenciaba de los italianos que, perdidos en una ciudad desconocida, quizá sin tener familiares ni hablar castellano, quedaban varados en las cercanías del puerto. Como si fuesen las únicas palabras que supiera pronunciar, el hombre de la cara de ave repitió con la insistencia de una mosca:

—¿*Il signore ha bisogno di una stanza?*

Sabía que el tipo era un cazabobos de poca monta que se aprovechaba de los más desamparados. Y, sin embargo, era lo único que tenía para aferrarse. Por primera vez Juan Molina se sintió extranjero en su propia tierra.

—No creo que sirva de mucho, esto es todo lo que tengo... —le dijo abriendo la mano y mostrándole las cinco monedas que le quedaban del sueldo. El hombre dio un respingo cuando lo escuchó hablar en perfecto porteño.

—...pero la verdad es que estoy buscando una pieza —confesó Molina.

El tipo lo examinó de arriba abajo, recorrió con sus ojos de pajarraco de rapiña los bártulos sobre los cuales estaba sentado y, deteniéndose en el estuche de la guitarra, le contestó:

—No se tire a menos, seguro que algo ha de tener. Yo lo voy a ubicar, no se preocupe. ¿Tiene trabajo?

—Sí —musitó desconfiado Molina, apretando la guitarra—, allá en el astillero —agregó señalando con la quijada hacia el Dock, al otro lado del Riachuelo.

—Mejor así; le va quedar un poco lejos, eso sí. Pero hágame caso, que lo que le ofrezco es un lujo.

El tipo metió la mano en el bolsillo interior del saco raído y extrajo una tarjeta. Sosteniéndola entre el índice y el mayor, se la tendió.

Molina leyó la dirección y se le iluminaron los ojos: Ayacucho 369, indicaba la tarjeta. Eso era, si la memoria no le fallaba, Ayacucho y Corrientes. Corrientes, vivir en la calle Corrientes. Aun sabiendo que todo sonaba a engañifa, el corazón le latió con fuerza.

—Pleno centro, a dos cuadras de Callao, ambiente familiar y con pensión. Un lujo. No sea cosa que se lo pierda por dormir. Vaya, hágame caso, presente la tarjeta y diga que lo mandó Maranga, un servidor. Ahí lo dice, del otro lado —dijo señalando el dorso de la cartulina ajada.

Sin querer pensarlo demasiado, Juan Molina se puso de pie, tomó sus cosas, estrechó la mano sarmentosa del tal Maranga y cruzó la calle.

—El tranvía 25 lo deja en la puerta —alcanzó a gritar el tipo—, no se olvide: lo manda Maranga —añadió, separando las sílabas claramente.

7

—Soy polaca pero no estúpida —le espetó Ivonne a André Seguin.

Estupefacto por el perfecto español de su "representada", pero sobre todo por la gélida perfidia con que le clavó los ojos, el gerente se la quedó mirando cuan larga se veía recostada sobre la cama. André terminó de quitarse los pantalones, los colgó en el perchero y así, luciendo sus pantorrillas regordetas rodeadas por los portaligas que le sostenían los soquetes, simulando calma, le contestó:

—Francesa, querrás decir.

Ivonne encendió un cigarrillo y, envuelta en la bruma de la primera bocanada, se sentó en el borde de la cama y se sacó la blusa.

—Terminemos con esta farsa —le dijo, sin quitarle aquella mirada filosa como una daga.

En pocos meses Ivonne había aprendido a hablar un porteño cuyos particulares modismos parecían exagerados en contraste con su tono extranjero. El "vos" y el "che", pronunciados por sus labios polacos, sonaban tan extraños como un gato que ladrara. Hacía mucho tiempo que sabía que las postergadas promesas de André estaban destinadas al naufragio. El encierro durante todos esos meses que parecieron siglos, el hacinamiento en el cuarto del conventillo, la omnipresente persona de la madama que la vigilaba como un carcelero, las breves excursiones al Royal Pigalle, las cada vez más frecuentes visitas íntimas de André Seguin y el modesto pago que le dejaba sobre la mesa de noche, eran el evidente prólogo de lo que le esperaba. Durante todo ese tiempo ni siquiera le habían tomado una prueba de canto. Por otra parte, estaba claro que los vistosos atuendos que le traían no eran, precisamente, los que vestiría una cantante.

Ivonne ya no era la niña cándida y llena de ilusiones que había bajado del barco. Tenía la nariz lastimada de tanto aspirar cocaína. Los largos períodos de abstinencia a los que la sometían habían conseguido domarla por completo. Era capaz de hacer cualquier cosa por conseguirla; entre otras, acostarse con André. Pocas cosas le provocaban tanta repulsa como compartir la cama con el gerente; no porque fuese especialmente repugnante, al contrario, al decir de muchas de las chicas era un tipo buen mozo; pero había algo en él que le resultaba intolerable: una vez concluido el trámite, tal vez a causa de la agitación, los mofletes lampiños se le ponían rosados como si fuesen los de una niña. Aquello le provocaba a Ivonne una aversión rayana en la náusea. Pero lo soportaba; sabía que después venía la blanca y fría recompensa que la ayudaba a olvidar, a no pensar. El pago, diez miserables pesos que apenas le alcanzaban para pagar la comida y el techo, era lo que menos importaba.

Ivonne había aprendido a hablar castellano antes que sus compañeras de cuarto. Y a bailar el tango. Una vitrola que jamás dejaba de girar difundía tango tras tango. Pensó que llegaría a odiar esa música. Sin embargo, era lo único que mantenía un rescoldo de felicidad en su espíritu. Escuchaba "Volver" y su alma se conmovía evocando las lejanas praderas de Deblin, el ruido manso del Vístula y el vuelo de las grullas. Y llegó a enamorarse de aquella voz que, día tras día, salía de la bocina del gramófono. Sentada al borde de la cama, mientras le daba manija a la vitrola, solía cantar:

Gira que te gira mi alma
igual que aquella vitrola;
cuántas veces triste y sola
pude hacer una locura
si no fuera por la cura
de tu voz
que me dio calma.

Vos me enseñaste el idioma,
este porteño lunfardo
tan filoso como el cardo
y rudo como su flor.
Quiero que vueles, paloma,
y me digas cómo es él;
no le contés de mi amor,
de que mi alma se desploma,
que en mi propio fuego ardo
cuando oigo la voz de Gardel.

Gira que gira la pasta
del disco en el gramofón;
cuántas veces al hastío
del encierro dije basta,
tentada desde el balcón,
junando abajo el vacío,
tu voz fue la salvación
que no me dejó caer,
diciendo que he de volver,
como reza tu canción,
al viejo terruño mío.

Gira que gira, vitrola
como un loco carrusel;

quiero marearme en tu púa,
en tu bocina de orquídea.
Hoy que estoy triste y garúa,
respiro esta cosa nívea
y no me siento tan sola,
imagino estar con él;
mi desdicha se atenúa
cuando escucho tu voz tibia
y digo su nombre: Gardel.

Y cuando terminaba de cantar, ponía una vez tras otra el disco del Zorzal.

Habiendo perdido toda esperanza de convertirse en cantante, prisionera en el lugar más lejano del mundo y sin posibilidades de volver, con el espíritu quebrado y el cuerpo esclavizado tras los delgadísimos barrotes de aquel polvo blanco del que ya no podía prescindir, Ivonne, entre el humo del tabaco, sin sacarle de encima aquellos ojos hechos de hartazgo, le dijo al gerente:

—Hablemos claro.

Y así lo hicieron. Luego Ivonne se recostó, abrió las piernas, cerró los ojos y se resignó al repetido suplicio de las mejillas rosadas.

Al día siguiente, por fin, como si se hubiese liberado de un cepo, salió al ruedo.

Entró al Royal Pigalle dispuesta a matar o morir.

8

—Nada de mujeres, el cuarto tiene que quedar libre a las ocho para que lo limpien; nada de musiquita. El desayuno a las siete. Siete y cuarto se deja de servir. El almuerzo, a la una. Una y cuarto se acabó. El baño no lo puede ocupar por más de cinco minutos. Después de las once de la noche no vuela una mosca —recitaba la gallega envuelta en un batón de color indescifrable.

Juan Molina miraba maravillado los pisos refulgentes, se llenaba los pulmones con aquel perfume hecho de lejía y acaroína. Comparado con el conventillo de la calle Brandsen, se sentía frente a la conserjería del Hotel Alvear. El precio era caro —las tres cuartas partes de su sueldo en el astillero— pero estaba dispuesto a pagarlo. Por el rabillo del ojo llegó a ver uno de los cuartos, cuyas puertas estaban abiertas: una habitación amplia, una cama con cabecera de bronce, una mesa de luz sobre la cual descansaba una lámpara que parecía de Tiffany's y un ventanal de cortinas purpúreas que daba a la calle.

—El pago es del uno al cinco del mes. El primer mes es por adelantado —sentenció la mujer, conminándolo a una decisión.

Entonces Molina no pudo evitar un suspiro de decepción. No podía ser tan fácil.

—Mire señora, sucede que todavía no cobré… —estaba por explicarle que volvería ni bien tuviera el dinero para pagar el mes adelantado, cuando la gallega lo interrumpió:

—Osté me inspira confianza. Me deja el instrumento y el reloj en garantía y cerramos trato. Igual, acá la guitarra no la puede tocar.

Entonces los ojos de Molina volvieron a iluminarse. Entregó la guitarra, se quitó el reloj —un Movado de caja enchapada en oro que le había comprado a un bagayero sin preguntar demasiado—, levantó sus petates y, como por inercia, se encaminó hacia la habitación cuyas puertas estaban abiertas.

—Por acá, sígame —le corrigió el rumbo la mujer.

A medida que avanzaban por el pasillo bordeando el patio central, el grato olor de la lejía iba dejando lugar a un hedor a humedad añeja. Las paredes inmaculadas de la recepción viraban en degradé a un gris descascarado que desnudaba un revoque de la época de Pedro de Mendoza. El piso reluciente era ahora una carpeta de cemento crudo, malamente alisado. El pasillo parecía no tener fin y, conforme avanzaban, era como un lento descenso del cielo al averno. Finalmente llegaron a la habitación: una casilla de madera y techo de chapa, construida en un patio trasero de dos por dos. La gallega abrió la puerta, lo invitó a pasar, le señaló un catre junto a la pared y se despidió, recordándole:

—A las ocho la habitación tiene que quedar libre.

Juan Molina tanteó en la penumbra un velador de lata que creyó haber visto junto a la litera, lo encontró, pulsó el interruptor y nada. Ajustó la bombita y volvió a intentarlo. Nada. Se recostó para probar el colchón y descubrió que los pies le quedaban colgando en el aire. Pero desde Corrientes llegaba el grato sonido de los autos y el paso de los tranvías. Estaba feliz. Encendió un cigarrillo y en el breve tiempo que duró la llama del fósforo hizo un rápido inventario del cuarto. Como siempre sucedía, sin que él mismo lo advirtiera, estaba cantando. Entonaba las estrofas melancólicas de "Cuartito Azul". Iba a ingresar en el estribillo, cuando desde la nada escuchó:

—Si se pudiera hacer ruido lo aplaudiría. Pero como no se calle la boca, le aplaudo la cara de un tortazo.

Molina se levantó de un salto. Encendió otro fósforo y entonces pudo descifrar en la penumbra que aquel bulto informe sobre la litera vecina era un inquilino. El tipo se había vuelto a dormir con un gesto contrariado y amenazante.

Eran las siete y cinco cuando Juan Molina abrió los ojos. Demoró en darse cuenta en qué lugar había amanecido. Era la primera vez que dormía en una cama que no fuera la suya. Por otra parte, la apariencia diurna del cuarto era bien diferente de la que había imaginado. Quizá porque era un día de sol y los rayos se filtraban entre las hendijas de la madera, la habitación paupérrima se le antojó el más acogedor de los refugios. Estaba por cantar cuando recordó el episodio de la noche anterior. Miró a la litera de enfrente y comprobó que estaba vacía. Quiso saber la hora, pero cuando levantó el brazo se encontró con su muñeca desnuda. Estaba hambriento. Recordó los diez mandamientos de la gallega y temió haberse quedado sin desayuno. Se vistió con la velocidad de un rayo y salió corriendo del cuarto. Desde el salón llegaba el perfume de las tostadas y el café con leche. Avanzó rápidamente por el pasillo y en el reloj del vestíbulo vio la hora: siete y nueve. Todavía estaba a tiempo. Sin embargo, tenía que ir al baño. Volvió sobre sus pasos, llamó a la puerta con un golpe tímido y desde el otro lado se escuchó un desesperante "ocupado". Se quedó haciendo guardia, tamborileando los dedos contra la pared. De pronto recordó que debía estar en el astillero a las ocho y cayó en la cuenta de que ahora no eran cinco minutos los que lo separaban de su trabajo. El desayuno y la ducha matinal ya eran un recuerdo. No bien se desocupó el baño, entró como una tromba y al instante salió de la misma manera, dejándole el lugar al que lo sucedía. Con pánico volvió a mirar el reloj de la pared: siete y trece. Pasó por el salón, saludó con un "buen día" general y las tripas le reclamaron aunque más no fuera una tostada. Pero no había tiempo. Estaba por alcanzar el vestíbulo cuando lo tomaron por la muñeca. Se dio vuelta y vio que quien lo sujetaba era un hombre de una cabeza descomunal, completamente calvo.

—Oiga, todavía tiene tiempo, ¿por qué no se toma un café? —dijo invitándolo a compartir su mesa.

—Le agradezco, pero estoy llegando tarde…

Entonces el tipo se puso de pie, dejando en evidencia una estatura mínima, desproporcionada en relación al tamaño de la cabeza. Sin soltarle el brazo le dijo:

—Lo acompaño unas cuadras. Quiero hablar unas palabritas.

Juan Molina no pudo menos que pensar mal, pero era su primer día en la casa y no quiso empezarlo con un escándalo.

—Le pido disculpas por lo de anoche —dijo el hombre y se presentó:

—Zaldívar, Epifanio Zaldívar, mucho gusto.

Molina quedó petrificado. Hasta entonces no había caído en la cuenta de que aquel tipo era su compañero de cuarto. No podía creer que ese hombre que ahora se presentaba con una amabilidad rayana en la exasperación fuera el mismo energúmeno que durante la noche lo había amenazado. Molina no sabía si exigir una disculpa o disculparse él por haberlo despertado y, mientras cavilaba, apuraba el paso por Ayacucho camino a Viamonte hacia la parada del tranvía 25. Su compañero de pieza daba unos trancos cortos y veloces para poder mantenerse a su lado.

Zaldívar carraspeó, un poco a causa de la fatiga que le demandaba seguir el paso de Molina y un poco a manera de prólogo. Finalmente habló:

—Si no se ofende…quería decirle que se pasó la noche entera cantando mientras dormía… —Zaldívar dejó la frase inconclusa.

Era cierto, varias veces su madre y su hermana se lo habían hecho notar. Se sintió profundamente avergonzado.

—Le pido mil disculpas, no sé que decirle…

—El que no sabe qué decirle soy yo. Le confieso que nunca escuché una voz como la suya. Me gustaría saber en qué teatro se lo puede ver.

Molina sonrió ruborizado.

—Le agradezco el elogio, pero las únicas veces que canté en público fue en la iglesia.

—No le creo. Usted es un talento, no se puede desaprovechar así… —Zaldívar hizo un silencio y agregó:

—Me imagino que tendrá un representante…

Molina no pudo evitar una carcajada agradecida y negó con la cabeza.

Habían llegado a la parada. El tipo lo miró a los ojos y sentenció:

—Le estoy hablando en serio. Conozco al hombre indicado; es el mejor representante artístico. Esta noche, casualmente, lo tengo que ver. Lo espero a las diez en punto en la pensión y, si le parece, cenamos con él. Es una invitación.

Molina se trepó al tranvía con una incredulidad hecha de esperanza.

9

Dueña de todas las miradas, Ivonne entra al salón del Royal Pigalle. Nadie puede sustraerse a su andar ondulante, a su estatura magnánima, a su figura de espiga mecida por el viento. Sus piernas delgadas e interminables, cubiertas por unas medias de red, escapan desde el tajo del vestido perfectamente ceñido al cuerpo. Sus ojos azules iluminan la penumbra del salón. Camina sin mirar a nada ni a nadie. Y cuanto más grande es su indiferencia, mayor es el interés que suscita. Como si de pronto hubiese desaparecido el resto de las mujeres, los hombres se codean y comentan torciendo la boca. Camina hasta una de las mesas, se sienta, cruza una pierna sobre la otra y enciende el cigarrillo que está al final de una boquilla nacarada e infinita.

André Seguin queda deslumbrado como si la viera por primera vez. Se felicita por su adquisición. Los hombres, intimidados, ni siquiera se atreven a acercársele. Un engominado con aires de dandi que está acodado en la barra toma coraje vaciando de un sorbo su vaso de whisky, se frota los bigotitos y se para frente a la mesa de Ivonne. La mujer lo mira como si fuese un objeto molesto que de pronto le hubiera eclipsado el paisaje de la pista de baile. Desafiando el desprecio, el tipo le hace un cabeceo que pretende ser rudo. Ivonne ni siquiera se molesta en dibujar un gesto de fastidio, como si el galán no existiera, como si fuese de vidrio. El hombre carraspea, mira de reojo a uno y otro lado y vuelve a su lugar rogando que nadie haya presenciado la humillación. El gerente, que ha visto la escena, se encamina a la mesa donde Ivonne fuma como si nada hubiese ocurrido y, con una sonrisa *pour la gallerie* que oculta su azorada indignación, le hace saber que no es forma de tratar a los clientes, que no puede permitirse el lujo de seleccionar, que ese hombre al que ha despreciado es dueño de una fortuna que ni él podría calcular. La mujer, impertérrita, sin sacar la mirada de la pista de baile, le dice:

—Si estuviera en condiciones de seleccionar, jamás me hubieras tocado un pelo. Puedo acostarme con quien sea, puedo meterle la mano en la braqueta al que me pidas. Pero no voy a bailar con cualquiera, por más fortuna que tenga.

André Seguin la mira asombrado. Es inútil que Ivonne le explique lo inexplicable, que aquellos eternos tangos que durante su cautiverio sonaban desde la vitrola fueron lo único que la mantuvo entera. De nada serviría hacerle entender que aquella voz que una y otra vez cantaba "Volver" fue la que la salvó de la desesperación. Estaba dispuesta a entregar su cuerpo a quien fuera, pero a bailar, no. El tango tenía para ella un valor casi religioso. Había aprendido a bailarlo con sus compañeras de infortunio y, durante todo aquel tiempo del cautiverio, trató de imaginar el rostro de aquel que desgranaba "El día que me quieras". Aprendió a hablar el castellano descifrando las estrofas de "Caminito" y "Amores de estudiante" y solía confundir la "ere" con la "ene", igual que aquel que, desde la bocina de la fonola, decía "golordrina", "sertimertal" y "abardonado".

André Seguin, sin dejar de sonreír, le explica que bailar el tango es el prólogo, el aperitivo que endurece la braqueta y ablanda el cuero de la billetera. Es la regla. Evidentemente, André no ha entendido; enton-

ces Ivonne se incorpora, lo mira al gerente desde su estatura, se llena los pulmones de aire y tabaco, y comien-
za a cantar:

> *Puedo mi cuerpo entregar,*
> *puedo mis labios vender,*
> *pero señores no pidan*
> *lo que no compran los mangos;*
> *no esperen que baile el tango,*
> *lo llevo bajo la piel,*
> *ahí donde anida el alma.*

Como magnetizados por la voz y la figura de
Ivonne, empieza a formarse un tumulto de hombres que,
indiferentes a la letra, no hacen más que cabecearla, sal-
tando uno sobre el hombro del otro para hacerse notar.

> *Podrá el bacán manosear*
> *las guampas de esta mujer*
> *pero no vaya creer*
> *que me va sacar un corte,*
> *una quebrada o un ocho,*
> *lo juro por el morocho,*
> *el único al que soy fiel.*

Ahora son más los que se acercan a Ivonne aco-
sándola e intentando sacarla a bailar de prepo. Pero cada
vez que uno pretende tomarla por la cintura, se gana un
empujón displicente. Girando sobre su propio eje, Ivonne se deshace de los acosadores levantando sensualmente
una pierna y, apoyando la suela de su zapato contra el
abdomen del molesto de turno, lo separa con tal impulso
que va a parar al suelo.

Podrán mi boca besar
y hasta en mi escote perderse,
pero ni en sueños pensar
que van a poder bailar
ni tan siquiera atreverse.
Podrán calarme la enagua
o extraviarse en mi pollera,
pero no habrá calavera
que me robe una milonga;
más fácil que saque agua
de una seca salitrera.

Ante la sensual resistencia de Ivonne, los hombres que se arremolinan en torno de ella terminan bailando entre sí, formando figuras ridículas hasta la humillación.

Tango que vos me salvaste
en el momento más cruel,
que el idioma me enseñaste
en el sórdido burdel,
te lo juro por mi vida,
te lo juro por Gardel,
que aunque no tenga salida
siempre voy a serte fiel.

No bien termina su canción, la horda que baila a su alrededor se disuelve y cada uno, avergonzado y disimulando, vuelve a su mesa.

Otra vez a solas con André, Ivonne le dice que no se preocupe, que ella tiene sus propias reglas. Entonces las pone en práctica. Aplasta la colilla del cigarrillo con la punta filosa del taco, se pone de pie y camina hasta la barra. Se para frente al primer tipo que la había sacado a bailar y André ve cómo le dice unas palabras al oído.

Luego observa de qué forma lo toma de la mano y lo conduce hacia el ángulo más oscuro del salón. Ahí, arrinconándolo contra la pared, lo besa. André cree ver la lengua de Ivonne recorriendo los labios boquiabiertos del tipo. Vuelve a musitarle unas palabras al oído, gira sobre sus talones, vuelve a la mesa, se pone el abrigo sin siquiera mirar al gerente y va a buscar a su galán que ha quedado petrificado contra la pared. André ve cómo atraviesan el salón rumbo a la salida y se pierden escaleras abajo.

Había pasado una hora cuando el gerente la vio volver sola. Se sentó a la misma mesa como si llegara por primera vez, espléndida y radiante. La escena volvió a repetirse cuatro veces. Cuatro veces se negó a bailar. Cuatro veces salió acompañada y cuatro veces volvió sola. Cerca de la madrugada fue hasta la oficina de André, abrió la cartera y arrojó sobre la mesa una enorme bola de billetes arrugados. Sin poder salir de su estupor, el gerente ordenó aquel bollo de papeles multicolores, agrupándolos según sus denominaciones y, ante el desconcierto, volvió a contar. No se había equivocado: tres mil doscientos pesos. La misma cifra que hacía la mejor de sus chicas en una semana. De acuerdo con lo convenido, André separó el veinte por ciento y se lo dio. Por primera vez en su vida se sintió un miserable. Pero pudo más la felicidad. Ivonne guardó los billetes y se despidió con un escueto:

—Hasta mañana.

10

Aquella noche, a las diez en punto, Molina, bañado, afeitado, engominado y ataviado con su único traje, esperaba ansioso en el salón de la pensión fumando un cigarrillo tras otro. Estaba por encender el enésimo con la colilla del anterior, cuando desde el vestíbulo escuchó la voz inconfundible de Zaldívar. Venía acompañado por un hombre que vestía un traje gris cruzado de solapas generosas. Tenía un bigotito recto que parecía dibujado a pluma y sostenía entre los dientes la boquilla. Se pararon frente a él y, antes de las presentaciones, el compañero de cuarto le dijo al otro:

—Y, que le dije, ¿tiene pintusa o no tiene pintusa el pollo?

El tipo jugueteaba con la boquilla entre los labios mientras contemplaba a la joven promesa de arriba abajo.

—La verdad es que pinta no le falta, pero con eso solo... —sentenció e inmediatamente, sonriendo de oreja a oreja, le estiró la diestra y se presentó:

—Balbuena, representante artístico. Me han hablado maravillas.

Sentados en la sala, hablaban trivialidades. Molina se limitaba a asentir, negar y sonreír. El hombre de bigotes decididamente lo intimidaba. Entonces llegó el momento:

—Bueno, Juan —dijo en un exceso de confianza el representante—, a ver con qué nos va a deleitar.

Molina miró a uno y otro lado como señalando la presencia de los demás inquilinos, y preguntó:

—¿Acá? ¿Ahora?

Balbuena se quitó la boquilla de la boca, puso un gesto de circunspección y contestó:

—Le teníamos preparado el escenario del Colón pero a último momento tuvieron que cancelar —dijo, mostrando el estrecho límite de su paciencia, y finalmente lo conminó:— ¿Va a cantar o no?

Juan Molina carraspeó y temiendo que su potencial protector se levantara y se fuera, señalando disimuladamente a la gallega que estaba acodada en la recepción, le dijo:

—Va a tener que ser *a capella*, porque la guitarra la dejé en garantía.

Tal como temía, el tipo se levantó del sillón. Pero contrariamente a lo que esperaba, en lugar de caminar hasta la puerta, fue hasta el mostrador. Su compañero de cuarto lo miró como diciendo "tranquilo, no hay problema". Vio cómo conversaba con la gallega, sonriente y cordial, y al rato volvió con la guitarra. Al tiempo que se la entregaba, le dijo:

—Todo tiene arreglo.

Entonces Molina se dispone a cantar. Templa la bordona, arranca con un arpegio sencillo y desgrana la primera estrofa de "Mi noche triste":

Percanta que me amuraste
en lo mejor de mi vida
dejándome el alma herida
y espinas en el corazón...

Si un entendido se viera obligado a definir la voz de Juan Molina, sin duda diría que era un tenor. Pero esa no sería más que una descripción que no alcanzaría a transmitir nada.

> *...De noche, cuando me acuesto,*
> *no puedo cerrar la puerta,*
> *porque dejándola abierta*
> *me hago ilusión que volvés.*

En términos estrictamente técnicos, quizá agregaría que canta dos tonos más bajo que Gardel; pero tampoco serviría para que alguien supiera de la emoción que sabe despertar. En un afán menos analítico, diría tal vez que el color de su voz es semejante al del roble.

> *Ya no hay en el bulín*
> *aquellos lindos frasquitos*
> *adornados con moñitos*
> *todos del mismo color*

Si intentara tomar el camino de las metáforas, el entendido podría aventurar que su timbre vocal es semejante al de un leño ardiendo en el invierno o una garúa mansa sobre el asfalto caliente. Pero nada que pueda decirse le haría justicia. Molina es dueño de un decir criollo, despojado sin embargo de toda gauchesca, canta sin artificios y evita escrupulosamente los floreos vacuos o los falsetes forzados.

> *La guitarra en el ropero*
> *todavía está colgada;*
> *nadie en ella canta nada*
> *ni hace sus cuerdas vibrar...*

Los sonidos brotan de su garganta con la misma natural simpleza del viento sonando entre el follaje de un árbol. Pero si algún rasgo caracteriza su modo de cantar, es el masculino vigor con el que sentencia cada estrofa.

> *Y la lámpara del cuarto*
> *también tu ausencia ha sentido*
> *porque su luz no ha querido*
> *mi noche triste alumbrar.*

Cuando hace el último acorde y la guitarra pone fin con un vibrante sol-do, su cautivado y reducido público no emite sonido, no atina siquiera moverse. El representante se pone de pie, se lleva una mano al mentón, da un cuarto de giro sobre su eje y, por fin, con una voz lastimosa en comparación con la de Molina, canta su veredicto:

> *Tranquilo, pibe, tranquilo,*
> *vos dedicate a cantar*
> *que yo me ocupo del filo,*
> *que de esto conozco un rato;*
> *te vas a quedar sin manos,*
> *como la naifa de Milo,*
> *de firmar tantos contratos.*

Su compañero de cuarto, Epifanio Zaldívar, anima a Molina para que cierre trato con el representante, cantándole al oído:

> *Minas, placeres, bailar,*
> *autos, pilcha de la buena;*
> *hacéle caso a Balbuena*

que él se ocupa de los bisnes.
De todo vas a comprar:
lámparas con forma 'e cisne,
de seda una rob de chambre
y si te pinta el hambre
un puchero de caviar
te almorzás para la cena
(morfar tarde es bien bacán);
hacéle caso a Balbuena
vas a ser como un sultán.

El hombre de bigotes posa un brazo sobre los hombros de Molina y con tono protector, como quien le hablara a un hijo, apretando la boquilla entre los dientes, le canta:

Dormí tranquilo, dormí,
dejalo todo en mis manos,
mientras Balbuena me batan
te juro que tu debú,
orquesta de cuerda y piano,
lo vamo' a hacer en Manhatan
o en el mismo Holibú.

Zaldívar, revoloteando como una mosca en torno de Juan Molina, reafirma las palabras de Balbuena y lo insta a que imagine su futuro:

Viajes, cabaret y partusa,
figurate las papusas
que te esperan en París.
Hacele caso a Balbuena
que es más bute que el de Asís
y más bueno que la avena.

Vas a ganarte más vento
que el que hizo Matusalén
en los años que vivió.
Vas a tener un harén,
desayunos con Cliquot
y un Mórtimer bien atento
que con británico acento
diga: sir, 'tá listo el mate.
Y al son de un trío de cuates,
mariachis de Guanajuato,
te morfás un aguacate
mientras firmás los contratos.

Acosado por izquierda y por derecha, Molina no tiene tiempo siquiera de dudar. Sin soltarle el hombro, Balbuena le hace ver las ventajas de tener a alguien como él para ocuparse de los negocios:

Tener un representante
te da chapa y don de gente;
si viene algún empresario
de fama más bien dudosa,
vos te hacés bien el otario
y le batís: "cualquier cosa
arréglelo con mi agente".

Y entonces Zaldívar arremete con sus venturosos vaticinios:

Baño con retrete de oro,
también un eunuco moro
que te vigile el harén
cuando te vas pa' los burros,
porque nunca falta el turro

que va a soplarte la mina.
Vas a tener que agenciarte
más brujas que las de Salem
pa' que te alejen la inquina,
la envidia que la gilada
siente por el que va bien.

Por fin, Balbuena va directo al grano. Extrae un papel plegado del bolsillo interior del saco y, estirándoselo a Molina, canta:

Pibe, vos quedate pancho;
es tuya la decisión:
seguís andando el camión
y viviendo en este rancho
o entrás por la puerta grande.
No lo pensaría mucho,
voy a hacer lo que vos mandes,
sólo hace falta tu gancho
al pie de este papelucho.

Con la mano temblorosa, sin poder escapar del asedio, arrinconado y aturdido, sin siquiera leerlo, Juan Molina firma el contrato.

—Mañana a las tres de la tarde le arreglo una audición en Royal Pigalle. Nos vemos en la puerta a las tres menos cuarto —dice Balbuena a la vez que guarda en el bolsillo el papel que acaba de rubricar su flamante representado.

—A esa hora estoy en el astillero —musita Molina, cabizbajo.

—Presente la renuncia. Olvídese. Usted está para otra cosa —dice, y se retira, raudo, sin saludar. Antes de perderse más allá de la puerta, agrega:

—Quiero que lo escuche Mario, yo me ocupo.

Molina se queda de una pieza. El tal Mario no puede ser otro que el legendario Mario Lombard, el dueño del mismísimo Royal Pigalle, bajo cuyo patrocinio brillaron las orquestas de El Kaiser, Francisco Canaro y sus hermanos, el octeto de Manuel Pizarro y la orquesta de Angel D'Agostino. Mario Lombard, el mismo que había fundado en París el Florida Dancing sobre la *rue* Clichy 25, en cuya sala debutara Carlos Gardel. Y ahora su flamante apoderado le promete una audición para el día siguiente.

Tal es el entusiasmo de Molina que se ha olvidado de la invitación a cenar.

11

Ivonne se había mudado del conventillo en el que vivía con las demás chicas. Ahora ocupaba un cuarto en una pensión cercana al mercado Spinetto. Solía pasar las noches en el Hotel Alvear, adonde prefería que la llevaran sus clientes y, como una reina que abdicara todas las mañanas, volvía a su modesta cama de una plaza. Dormía durante el día y, a la noche, otra vez convertida en Su Majestad, iba para el cabaret. Pese al dinero que producía con su delgada humanidad, todavía no podía darse el lujo de alquilar un departamento. No porque no ganara lo suficiente, sino porque André Seguin se lo administraba con cautela. La mesura del gerente no obedecía, desde luego, a velar por los intereses de su protegida; al contrario, cuidaba su mina de oro. André se enfrentaba a un dilema: si aflojaba demasiado la cuerda y le pagaba puntualmente su veinte por ciento, corría el riesgo de que un buen día quisiera independizarse y lo abandonara. Si, en cambio, tiraba excesivamente de la cuerda y le pagaba con cuentagotas, el peligro era que se la arrebatara la competencia. De modo que tenía que ser prudente. Era un hecho cierto que ninguna de ambas alternativas resultaba tan sencilla. En sus veinte años en el negocio solamente dos de sus chicas habían intentado escaparse de su generosa protección. A una la recuperó a los pocos días después de una breve discusión con los muchachos de un cabaret del sur; apenas un fugaz cambio de balas sin que la sangre llegara al río. La otra fue demasiado pretenciosa, había ganado mucho y tuvo la peregrina idea de poner su propio negocio. Pero no pudo contar su corta experiencia cuentapropista: al día siguiente de que alquilara un coqueto departamento en Balvanera apareció flotando en el Riachuelo. No era fácil escapar del largo brazo de la organización Lombard. Y la deslealtad se pagaba caro. De todos modos, para qué ganarse problemas, se decía André, considerando la fortuna que le dejaba su nueva protegida. Podía concederle algunos caprichos, como que se negara a bailar. Pero tampoco podía dejar que las excentricidades se convirtieran en rebeldía. Y desde el primer día el gerente supo que Ivonne no era precisamente una chica dócil.

Por entonces todos creían que Ivonne era francesa. Ni siquiera las auténticas *papirusas* —mote que recibían las polacas por la forma en que nombraban al cigarrillo— sospechaban que aquella mujer pérfida y altiva era una compatriota. Una *papirusa*, por muy bella que pudiera ser, cobraba, en el mejor de los casos, la cuarta parte de lo que costaba una puta francesa. Ivonne jamás aceptó recibir consejos de las más experimentadas, no tenía amigas ni confidentes y casi no hablaba con nadie. No porque fuese la chica desdeñosa y arrogante que aparentaba, sino que aquel era su modo de hacerse la ilusión de que ella era otra cosa. Pese a que ya había perdido toda esperanza de convertirse en cantante, se resistía a verse a sí misma sólo como una prostituta.

Entre las putas existía una suerte de dogma inquebrantable: jamás había que besar a un cliente. El beso era el símbolo del amor y el nombre del amor no se debía ensuciar ni mezclar con el trabajo. A Ivonne siempre le resultó un precepto cuanto menos vacuo. Además de los servicios más frecuentes, podían hacer las cosas más repugnantes y escatológicas que cualquiera pudiera imaginar, podían someterse a los caprichos y excentricidades de los clientes, pero besar, jamás. De hecho, si fuesen alternativas excluyentes, el sentido común indicaría que el beso era la más tolerable de las opciones. Desde el principio Ivonne quebrantó esta vieja máxima. Y este era, precisamente, el secreto de su éxito. Sus clientes recibían el calor de su lengua, la hospitalidad de sus labios, las palabras que esperarían de una amante y se creían únicos y privilegiados. Ivonne les despertaba un sentimiento de redención. Esa chica hermosa, frágil y cariñosa como una novia, no podía ser una puta. Y era entonces cuando mordían el anzuelo. En realidad, lo único que quería Ivonne era evitar el suplicio de que un desconocido se metiera entre sus piernas y transpirara su lascivia sobre su cuerpo. Y había descubierto que el sencillo acto de besar muchas veces la había liberado de aquel tormento. Sus compañeras tomaban esto último como una verdadera traición al oficio y un acto que las ponía en desventaja. Por otra parte, la actitud solitaria de Ivonne solía ser entendida como una actitud de soberbia. Y, ciertamente, no le perdonaban haberse convertido en la favorita del gerente.

Hasta que un día las chicas se le plantan para poner los puntos sobre las íes. Forman un círculo intimidatorio alrededor de la delgada persona de Ivonne y, con el fondo de una milonga, la más veterana la increpa:

Te creés que porque francesa
hay que rendir pleitesía,
que hay que besarte los pies.
No sé qué ven los chabones,
qué gualicho les hacés
pero pierden la cabeza

y los bolsillos vacían
cuando batís en francés.

Y mientras se estrecha el círculo, una que porta una delantera que mete miedo, con un gesto desafiante toma la palabra:

Yo no sé lo que te han visto
si tenés menos pecheto
que puchero de verdura
y hasta menos carnadura
que la que tenía Cristo.
Será que verte da pena,
será que al bacán conmueve
ver tan flaca Magdalena
de raquítica factura,
que a la caridad los mueve.

Una tercera, bien entrada en carnes, se abre paso entre las demás y con una sonrisa amenazadora entona:

Decime qué les hacés,
confesame tu secreto,
si un fósforo parecés,
palito 'e roja cabeza,
no te queda ni esqueleto;
será que tu gran proeza
es chamuyar en francés
y cantar la Marsellesa.

Lejos de intimidarse, Ivonne se incorpora de la banqueta de la barra, levanta el mentón y, haciendo valer su estatura, examina a su corpulenta desafiante de arriba abajo y le contesta:

Sentate, no te agités,
me doy cuenta que estás gruesa,
no perdás las ilusiones,
que no baje tu moral,
todo llega aunque se tarda,
podrías ser reina e' belleza
y ligarte unas cocardas
allá por los corralones
de la Sociedad Rural.

Entonces, viendo que Ivonne no se amedrenta, las chicas le cantan a coro:

Es un viejo mandamiento
de las chicas del oficio:
palabras de amor ni besos
a otro que no sea el cafishio;
francesita ventajera
besando a los cuatro vientos
para agenciarte unos pesos
mentís amor a cualquiera.

Ivonne gira sobre su eje mirando a todas y a cada una. Finalmente clava la vista en los ojos de la más veterana, deja escapar una risa teatral, y le espeta:

Araca que habló Sarmiento,
vos sí que no tenés vicios,
Su Majestad no da besos
pero hay que ver el aliento
a pescao mezclao con queso
que te dejó el ejercicio
de ser monja de convento.

Qué me venís a hablar de eso
si una legión de patricios
con todo su pelotón,
caballos y regimiento,
hicieron un campamento
al cobijo 'e tu calzón.

Finalmente, cuando las cosas están por pasar a mayores (algunas de las chicas dejan ver las navajas que esconden entre el portaligas y el muslo), aparece André Seguin y, muy a su pesar, tienen que dejar a Ivonne en paz.

Tal como se lo reprochaban sus compañeras, los clientes de Ivonne terminaban enamorándose. En un arrebato de redención querían convencerla de que dejara esa vida, como si aquel sitio fuera una basílica y no un antro de la noche y ellos fuesen monjes franciscanos y no asiduos visitantes de prostíbulos y cabarets. Le decían que estaban dispuestos a abandonar a sus esposas y huir con ella. Ivonne no vendía sexo sino la ilusión del amor. Todas las noches, en la barra del Royal Pigalle, la espera un tendal de corazones partidos. Y cada uno se cree el único, el privilegiado de recibir el calor de sus labios, viendo en los demás unos pobres desgraciados que pagan por sexo. Y mientras esperan, van cantando sus cuitas mientras trasiegan un champán tras otro:

Acodao sobre la barra
verte llegar ansío,
y a través del cristal de la copa,
que una tras otra vacío,

veo pasar la farra
tirao como vieja estopa
esperando que tus labios,
que dijiste que eran míos,
vuelvan a tocar mi boca.

El viejo cajetilla que se sienta al lado, mientras mira con desprecio a los otros parroquianos que esperan en la barra, entona:

Yo sé que te tengo loca,
lo sé por viejo y por sabio,
pobre esta manga de giles
que entregados al escabio
ignoran que a mí me toca
lo que ya quisieran miles:
el secreto de tus labios
que sólo a los míos besan
desde tus tiernos abriles.

El siguiente, un hombre joven con pretensiones de dandi, apura un cigarrillo rubio mientras canta:

Los veo escabiar barriles
mientras hincaos al estaño
a San Antonio le rezan
estos bacanes seniles.
A ver, despejen el paño,
yo sé que la edad les pesa,
no se hagan los chanchos rengos
que llegó el langa del año,
el único al que Ivonne besa.
Agarren ya sus muletas
y rajen pa' el cotolengo.

Y cuando finalmente Ivonne hace su aparición, se pasea indiferente por delante de la barra y entonces todos cantan a su paso:

Dejo todo lo que tengo
y voy haciendo las maletas
pa' que juntos nos rajemos.
Qué me importa a mí la bruja,
los pibes; con vos me vengo.
Si hay que romperle la jeta
a ese cafiolo ciruja
contá con un servidor,
que va a jugarse tu amor
aunque los leones le rujan,
aunque muera en el intento,
así yo tenga que ir preso
no via' dejar que tus besos
se vayan como va el viento.

Entonces Ivonne iniciaba su larga noche de trabajo. Y cuando por fin llegaba la madrugada, vaciaba la cartera sobre el escritorio de André Seguin, dejando una montaña de billetes hechos con el carmín de sus labios.

Y así se sucedían los días y se multiplicaban los amantes, hasta que sucedió lo inesperado. Ivonne iba a sentir en carne propia el castigo que les infligía a sus dolidos clientes: el desasosiego del amor.

12

Juan Molina dio parte de enfermo en el astillero. La prudencia le aconsejó no renunciar. Sin embargo, la falta no solamente ponía en riesgo su puesto, sino que, además, habrían de descontarle el día. Y todavía tenía que pagar la pensión. El Royal Pigalle era el templo de sus ilusiones. Desde aquel lejano día en el que se había escapado de la casa soñaba, día tras día, con pisar el alfombrado que imaginaba rojo. Acariciaba la idea de sentarse a una de sus mesas y, bajo las luces tenues y la música de la orquesta de Canaro, entre copa y copa, cabecear a una sonriente francesita ataviada de *soirée* de las que poblaban el salón y, después de bailar unas piezas, pasar al reservado. Y ahora el destino le regalaba la posibilidad de entrar por la puerta grande, derecho al escenario de la mano de Mario Lombard. Era su oportunidad y no estaba dispuesto a perderla.

A las dos y media de la tarde estaba en Corrientes al ochocientos. No quería mostrarse solo y esperando en la puerta. De modo que se quedó haciendo guardia en la vereda de enfrente hasta que llegara su representante. Apoyado en un farol, las manos en los bolsillos, una pierna recogida contra la columna y ocultos los ojos debajo del ala del chambergo, cada tanto se miraba en el reflejo de una vidriera para controlar que estuviera presentable. Le sorprendió el súbito movimiento de gente que se agolpaba frente a las puertas cerradas del cabaret: hombres que se turnaban para hablar con un portero sin uniforme y mujeres de largos tapados que ocultaban las caras detrás de las chalinas que llevaban sobre los hombros. Hubo algunos intercambios de palabras con el portero primero, y entre ellos después. Luego de algunos conciliábulos se formó una fila que iba creciendo con el correr de los minutos. En ese momento llegó Balbuena. Lo vio conversar con el tipo de la puerta, escuchó cómo elevaba el tono de voz y, ante la decidida indiferencia del hombre, caminó hasta el final de la fila. Juan Molina cruzó la calle y fue a su encuentro. Luego de un saludo malhumorado, Balbuena le hizo saber de su indignación. Daba la casualidad que ese día habían llamado a audición y el idiota de la puerta, al que evidentemente habían tomado hacía poco tiempo, no lo conocía. Por más que le dijo que lo estaba esperando Mario Lombard, se negó a dejarlo pasar.

—Le va salir caro…, le va salir caro —repetía Balbuena rojo de furia.

Los transeúntes que pasaban junto a la cola miraban sorprendidos. Juan Molina se sintió una suerte de animal exótico en un zoológico. Y era el que tenía menos motivos para sentirse observado: detrás de ellos había uno que estaba disfrazado de gaucho de varieté, más allá había una imitación de Valentino, versión Avellaneda. Y, con vergüenza ajena, pudo ver que la fila se fue plagando de falsos gardeles de caricatura y de "forzudos" circenses que se destacaban dos cabezas por encima del resto.

—Ahora me van a escuchar —amenazaba el representante.

De pronto, ni bien el portero abrió una de las hojas, se armó una estampida, rápidamente contenida bajo amonestación:

—O entran de a uno en fondo o no entra ninguno —vociferó el guardián.

Entonces, como una manada de mansos corderos, aquella comparsa carnavalesca comenzó a entrar lentamente.

Juan Molina comprobó maravillado que el Royal, con el que siempre había soñado, era más imponente aún de lo que había imaginado. El alfombrado rojo cubría por completo el salón principal. La iluminación *a giorno* dejaba ver los andamios del techo sobre cuya breve superficie caminaban utileros y tramoyistas. Siguiendo la fila, subieron las escaleras que conducían al Teatro Royal, ubicado en el primer piso. Era un salón pequeño pero de un lujo asiático. Las paredes estaban revestidas de espejos y, más allá, en un ángulo, se elevaba el palco de la orquesta. Mientras eran arreados por un hombre flaco en grado patológico, afeminado y en extremo nervioso, a su paso se cruzaban con las coristas que iban o venían de ensayar, las piernas cubiertas con medias de red, la cintura comprimida bajo la tiranía de los corsets y el escote armado que les levantaba el busto hasta alturas insólitas. Se paseaban así, semidesnudas, con la naturalidad de quien se dirige a la oficina. En los pasillos laberínticos que conducían a los camarines, el arriero de estrellas en ciernes dio la orden de alto y separó al ganado en distintos grupos:

—Los del cachacascán, por aquí.

Entonces los "forzudos", cuadrados como roperos, se ubicaron sobre una tarima amplia.

—Las chicas, por allá.

Las mujeres se separaron de la fila y se perdieron detrás de la puerta de lo que parecía ser una oficina.

—Los cantantes, síganme.

Los únicos que habían quedado, entre ellos Juan Molina, fueron ubicados en un rincón, al pie de la tarima donde se agolpaban los luchadores.

—Quédese tranquilo —dijo Balbuena—, ahora lo vamos a ver a Mario, espéreme, ahora vuelvo —agregó y se perdió en el tumulto.

Los cantores, entre quienes estaban los gardeles, los valentinos y los gauchos, eran en total unos quince. En una mesa frente a ellos se ubicó lo que aparentaba ser una suerte de tribunal compuesto por tres jueces malhumorados.

—Que pase el primero —sentencia el que preside la audiencia.

El primero es una especie de gaucho, que ha compuesto su vestuario con elementos más bien heterogéneos: por fuera de las bombachas luce unas botas que parecen las de un bombero, y lleva al cuello un pañuelo evidentemente hurtado del ropero de su madre. Arranca con los primeros acordes de "El taita":

Soy el taita de Barracas,
de aceitada melenita
y camisa planchadita
cuando me quiero lucir...

Suficiente. El jurado considera la elección de aquel tango como un intento de intimidación. Por otra parte, en términos meramente artísticos, el candidato hubiese conseguido ofender a un perro.

—Gracias, el que sigue —es la sentencia condenatoria del jurado.

A todo esto, sobre la tarima, habían empezado las demostraciones de los luchadores, dando gritos de oso y haciendo sonar sus cuerpos contra las tablas, derrumbándose como edificios. La prueba consistía en derribar al campeón de lucha grecorromana, La Mole Tongué. Abajo, ya habían pasado cuatro gardeles y dos valentinos, todos condenados al exilio inmediato. Desde el palco de la orquesta empezaron a sonar los insoportables chirridos de las cuerdas, violines y contrabajos, mientras eran afinados. El ruido era ensordecedor. Juan Molina, como un espectador, esperaba que su representante llegara de una vez y lo llevara al despacho de Lombard. Un muchachito que estaba delante de él acababa de cantar "Fumando espero". Lo había hecho realmente bien. Los miembros del jurado se miraron, asintieron y quedó a un costado, felizmente seleccionado. Molina lo miró con unos ojos afables, felicitándolo en silencio. Pero el aspirante le devolvió una mirada fulminante de rival dispuesto a todo. Desde la tarima donde se batían luchadores iban descendiendo aquellos que eran despedidos violentamente por La Mole Tongué. Sin embargo, no parecían acatar el veredicto con la mansedumbre de los cantantes; discutían amenazantes con los jueces y tenían que ser disuadidos por las buenas o, llegado el caso, por el uso de la fuerza. Tarea ciertamente riesgosa que llevaban a cabo cuatro gorilas vestidos de musculosa. En ese momento Molina es convocado por los jueces. Entonces sonríe y les explica que, en realidad, está esperando que llegue su representante, que tiene cita con Mario Lombard. El jurado festeja el chiste con unas carcajadas estridentes. Les ha caído francamente bien la humorada. La simpatía es un requisito fundamental. Cuando Juan Molina descubre que la audición "privada" que le ha conseguido su representante es ésta, se adelanta un paso, desenfunda la guitarra y se dispone a hacer lo que mejor sabe. Tenía previsto cantar "Sus ojos se cerraron", pero habida cuenta de que todos los gardeles han tentado suerte, obviamente, con el repertorio de El Morocho, decide dar un golpe de timón de último momento para no condenarse a la parodia. Entonces, tal vez involuntariamente llevado por la situación, emprende los primeros versos de "Sentencia", de su venerado Celedonio Flores. Entre los golpes del catch, los gruñidos de los luchadores y la afinación insoportable de los instrumentos de la orquesta, la voz de Molina se impone como un machete entre el follaje. Como si de pronto se hubiese hecho un silencio sepulcral, los miembros del jurado por primera vez levantan la mirada.

> *Yo nací, señor juez, en el suburbio,*
> *suburbio triste de la enorme pena*
> *en el fango social donde una noche*
> *asentara su rancho la miseria.*

Molina tiene en la voz un magnetismo del que resulta imposible sustraerse. Algunos de los aspirantes que forman fila detrás de él se retiran dándose por derrotados; otros se quedan nada más que para escucharlo.

> *Un farol de la calle tristemente desolada*
> *pone con la luz del foco su motivo de color.*
> *El cariño de mi madre, de mi viejita adorada,*
> *que por ser santa merecía, señor juez, ser venerada.*

El muchacho que había sido seleccionado rechina los dientes de odio. Si la letra resulta un tanto melodramática, en la voz de Molina se convierte en un torrente de emoción que estrangula la garaganta.

> *…aquí estoy para aguantarme la sentencia…*
> *pero cuando oiga maldecir a su viejita*
> *es fácil, señor juez, que se arrepienta.*

Cada vez que Molina pronuncia "señor juez", el jurado se siente inculpado y los miembros no pueden evitar una vergüenza infinita. Con los ojos anegados tras un velo acuoso, llegan a considerarse unos miserables.

> *La audiencia, señores,*
> *se ahogaba en silencio,*
> *llorando el malevo,*
> *lloraba su pena*
> *el alma del pueblo.*

Cuando el cantor pone fin pulsando la bordona, después de un breve silencio, el jurado, los aspirantes, algunos luchadores derrotados y el propio contendiente que había sido seleccionado, todos rompen en un aplauso conmovido.

El jurado iba a dar su veredicto.

En ese mismo momento aparece la indignada figura de Balbuena, que se ha perdido el número. El representante artístico se abre paso entre el tumulto, vociferando:

—A Balbuena nadie le impide la entrada, ya me van a escuchar.

No tuvo mejor ocurrencia que empujar a un luchador que acababa de ser vencido por La Mole. Fue una fracción de segundo. Nadie podría precisar en qué momento la turba de púgiles se trenzó en un combate general. Volaban sillas, mesas y hasta coreógrafos aterrados. Cuando Molina descifró alguna forma entre el remolino, pudo ver que La Mole Tongué sostenía a su representante por el cuello y estaba a punto de colocarle un upercut en medio de la nariz. Soltó la guitarra, corrió entre el tumulto y detuvo el puñetazo en el aire. Balbuena aprovechó para escapar. Molina no tenía intención de pelear. Pero La Mole sonrió mostrando sus dientes asesinos. Con la mano que tenía libre intentó tomar al cantor por el fondillo de los pantalones. Pero con un movimiento ágil, Molina se puso detrás del campeón, le hizo una llave en el brazo dejándolo inmóvil. Luego lo empujó y lo hizo rodar por el suelo. El gerente, André Seguin, observaba incrédulo. Los cuatro gorilas de seguridad corrieron a poner orden, pero con un gesto, Seguin los conminó a quedarse quietos. Tongué se incorporó de un salto y, como un toro, la cabeza hacia adelante, la razón hacia atrás, estaba dispuesto a aplastar a su contrincante. Molina midió la fuerza y trayectoria de la bestia y, cuando lo tuvo encima, se agachó, pasó su espalda por debajo de La Mole y en ese momento se incorporó levantándolo como acostumbraba levantar las vigas de acero en el astillero. Lo tenía alzado en vilo como a una res. Dio unas vueltas sobre su eje y entonces arrojó al campeón contra la pared. Le hubiesen podido contar hasta veinte. La Mole tuvo que ser llevado a la rastra por los cuatro gorilas de musculosa. Molina se arregló la ropa, se sacudió el polvo y fue a buscar su guitarra. Entonces vio que su representante estaba hablando con los miembros del jurado y el gerente del cabaret. No quiso intervenir.

Con una sonrisa de oreja a oreja, Balbuena se acercó a su protegido y, posando una mano sobre su hombro, le dijo:

—Hoy firmamos contrato. Ya tiene trabajo.

El mismo lugar en el que Gardel había dado sus primeros pasos ahora le abría las puertas a él.

—Mañana mismo debuta, Molina —le dijo André Seguin, estrechándole la mano.

Juan Molina sale del Royal Pigalle con la mirada perdida en la bruma de los anhelos. Mientras camina por Corrientes teme que todo aquello pudiera ser un sueño. A medida que cae la tarde se van encendiendo los carteles de los teatros. Enciende un cigarrillo y frente al Obelisco canta:

Es tan grande la emoción
que me hace latir el zurdo
como pingo galopando;
tengo miedo, corazón,
un temor loco y absurdo,
de estar dormido…
de estar dormido y soñando.

No me rompas la ilusión,
no jugués con mi esperanza,
decime que todo es cierto;
si los sueños, sueños son,
si esto fuera una cruel chanza,
no quiero vivir…
no quiero vivir despierto.

Esperé mi vida entera
este momento anhelado
y ahora me llama la suerte.
Si esto fuese una quimera,
la ilusión de un afiebrado,
que me lleve…
que me lleve a mí la muerte.

Ya veo en la marquesina,
escrito en luz de neón
que ilumina mi arrabal,
el nombre de Juan Molina
y puedo escuchar la ovación
que me espera…
que me espera en el Pigalle.

Era noche cerrada cuando Molina llegó a la pensión y le dio la nueva a su compañero de cuarto.

13

Una noche como todas Ivonne llegó al cabaret. Ahí, en la barra, estaban acodados los galanes de siempre. Iba a iniciar su ronda nocturna desde el Royal al Alvear y del Alvear al Royal hasta despachar al último cliente, cuando desde la nada apareció André Seguin, la tomó del brazo y sin que pudiera siquiera quitarse el abrigo, poco menos que la arrastró hasta la oficina. El gerente estaba exultante, aunque se lo notaba inquieto. Sacó un habano del cajón, cortó la punta con la guillotina, lo encendió y, oculto tras la nube de humo que se había estancado frente a su cara, le dijo:

—Quiero que conozcas a alguien.

Ivonne, aventando la humareda con la mano, como si corriera una cortina, se lo quedó mirando sin mover un músculo de la cara.

—Lo único que te voy a pedir es que te portes bien —le dijo como si le hablara a una niña y no a la competente profesional que era.

—Y una cosa más —dijo André poniendo un gesto ceremonioso mientras apretaba el habano entre los dientes—, discreción. Te voy a pedir absoluta discreción.

Ivonne asiente resignada. No es la primera vez ni habrá de ser la última que André le presente a un político o a un militar o, llegado el caso, a los dos juntos. Odia estos grandes acontecimientos que tanta felicidad le causan al gerente. Pero hay mucho dinero en juego y tiene que obedecer a las excentricidades de Sus Excelencias.

No bien Ivonne escucha ahora por segunda vez la consabida frase "quiero que conozcas a alguien" recuerda, como una repetida pesadilla, a cada uno de los encumbrados personajes que le tocó padecer. Resopla de fastidio y ese mismo resuello se convierte en una canción resignada que dice:

He conocido cada bicho en la colmena,
extraña fauna que el zoológico quisiera;
por la mañana caballeros respetados
y por las noches cuando está la luna llena,
cual hombres lobo de británica galera,
sacan sus garras y colmillos afilados.

Aunque no creas se los ve por todos lados;
nobles patricios que no faltan a la misa
y cajetillas de prontuario inmaculado
que santiguándose de todo se horrorizan;
tenés que ver sus berretines elevados
que hasta en Sodoma los hubieran condenado.

Bravos guerreros de uniforme decorado
con mil medallas que les cruzan la pechera,
recordatorios de sus épicas hazañas;
si vos los vieras en el catre disfrazados
con portaligas cual rante cabaretera
pensarías: "son mis ojos que me engañan".

Vi monseñores que se espantan del pecado,
que al tango acusan de ser música profana,
que el cabarute no sirve ni para abono;
pero hay que verlos después de haber pagado;
se levantan, se acomodan la sotana
y encima te baten: "piba, yo te perdono".

De modo que Ivonne ya sabe qué significa "quiero que conozcas a alguien" en boca de André Seguin. Lo mira como diciendo "hagamos esto lo más rápido posible" y se pone de pie para apurar el trámite. Sin dejar de sonreír, el gerente la conduce hasta una mesa del salón reservado, y cuando están frente al numeroso grupo de hombres que trasiegan champán como si fuese la última vez, Ivonne piensa lo peor. André le hace un gesto con la cabeza al que ocupa la cabecera y entonces el tipo se pone de pie.

Ivonne no lo había reconocido hasta que de pronto escucha su voz, la misma voz que, desde la bocina de la vitrola, le había salvado la vida durante sus días de cautiverio. Tiene el impulso de abrazarlo como se abraza a un padre. Pero no atina a hablar ni a moverse. Aquellos ojos azules y tristes se humedecen con una emoción tan vasta como el océano que la separa de su patria.

—Es el humo —musita Ivonne tímidamente.

Y mientras trata de evitar que el rimel se le corra, se aleja unos pasos y en la oscuridad, con la voz quebrada, empieza a cantar:

No me delates, corazón,
no dejes que se dé cuenta
que tiemblo como un gorrión
ocultando mi pavor mientras fumo,
y esta lágrima que intenta
darle rienda a la emoción,
que no acuse que por dentro me consumo.
Y por si alguno comenta:
"¿Qué le anda pasando a Ivonne?":
...es el humo, sólo el humo.

Si vieras que oculto mi frente
tras mis manos temblorosas
y me abrumo
sin motivo, de repente,
no vayás a pensar cosas,
...es el humo, sólo el humo.

Si vieras en mi carrillo
una lágrima rodando
y me consumo
igual que este cigarrillo,
no creas que estoy llorando,
...es el humo, sólo el humo.

Y mientras Gardel, ocultándose bajo el ala del chambergo, la toma del brazo y la conduce hacia la puerta trasera, al ver sus ojos humedecidos le pregunta si le pasa algo. La mujer, dejándose llevar, repite como para sí:

—Es el humo...

14

Juan Molina esperaba que el utilero le hiciera la señal para entrar en el escenario. Preparado tras bambalinas, se secaba el sudor de la frente hecho de gotas de nervios y pudor. Desde el palco sonaban los acordes matizados de la Orquesta Típica de Pancho Spaventa, y podía ver proyectadas sobre el telón las sombras de las parejas bailando en la pista. Nunca había estado frente al público y ahora podía experimentar el desasosiego del que tantas veces había oído hablar. Por un momento pensó en darse media vuelta y huir para no volver. Se arrepintió, sinceramente, de haber renunciado al astillero. Pero ya estaba ahí, con medio cuerpo asomado al abismo. Oculto entre las sombras, cuanto más pensaba en que por ese mismo escenario habían pasado Gardel y Razzano, Juan Carlos Cobián, Arolas y Fresedo; cuanto más recordaba que esas tablas eran las mismas a las que les habían sacado lustre los Urdaz, la mejor pareja de baile que tuviera Buenos Aires, tanto más era el pánico que lo invadía. Pero el conjunto de sentimientos que se le anudaba en la garganta podía resumirse en uno solo: vergüenza. Eso era; exactamente eso: vergüenza. No había dicho a nadie que aquel iba a ser el día de su debut. Y así, cociéndose en el fuego lento de la espera, ni bien terminó de sonar la orquesta, escuchó la voz radiofónica del presentador que, luego de un preámbulo interminable que incluía las palabras "único", "joven", "nunca visto" y otros adjetivos cuanto menos excesivos, anunció su ingreso inminente. El utilero le hizo la seña, se colgó de la soga y el telón comenzó a abrirse. Juan Molina se persignó, miró hacia las alturas invisibles del techo y se dispuso a salir al ruedo.

Vergüenza. En medio de los aplausos mezclados con las risas, Molina siente vergüenza. Una vergüenza que le duele en el pecho. La luz del reflector le atraviesa los párpados. No quiere abrir los ojos por pura vergüenza. Vergüenza y una lástima infinita de sí mismo. Contra su voluntad, sin embargo, tiene que hacerlo. Entonces se ve en el reflejo del salón espejado y tiene la certeza de que la vergüenza es capaz de matar. Contempla su humanidad, de pie en el centro del escenario, iluminada por el cono vergonzoso del seguidor y cuando se ve así, vestido de luchador, las calzas rayadas que oprimen sus piernas, la musculosa roja y el cinturón de campeón ciñéndole el vientre, cree morir de vergüenza. En algún momento, suena la campana y todo es un ruido ensordecedor: los gritos del público, los gruñidos de su contrincante, el redoblante de la orquesta. Necesita acallar ese ruido insoportable pero, sobre todo, morigerar aquella vergüenza que le trepa desde las entrañas. Entonces canta, mientras se abalanzaba contra su oponente, canta a los gritos un tango triste para tapar aquel ruido infame:

Ángel de los cabarutes
que volás sobre la farra
y sos el alma 'e la viola cuando Razzano la toca
no le cuentes a la barra
del viejo bar de la Boca
que este ha sido mi debute;
decí que me has visto cantando
a la luz del seguidor,
que dueño del escenario

me lucí como cantor
y no como triste otario.

A medida que avanza la pelea, el público se enfervoriza y grita cada vez más, de modo que Juan Molina, al tiempo que esquiva llaves y golpes, canta cada vez más fuerte aunque nadie lo escuche:

Musa del tanguito criollo,
de milonga y escolazo
que le das aire a los fuelles de los rantes bandoneones,
no digás que ando a los bollos
y disfrazao de payaso
entregao a los leones.
Decí, por si te pregunta
la gente de la pensión
que me viste emocionado,
que a ellos he dedicado
la más sentida canción.

Pelea con furia. No es, sin embargo, una furia dirigida a su rival sino a su suerte miserable. Por eso canta con desesperación.

Querubines atorrantes
que vuelan sobre las tejas
de los salones tangueros,
la lengua no se les piante
si les pregunta mi vieja;
no le digan que me muero
de pudor luchando en cueros,
mientras la ilusión se aleja.
Díganle que fue glorioso
verme de smoking entrando,

que suspiró la platea
con mi porte glamoroso,
que los cautivé cantando,
no le hablen de la pelea.

Juan Molina le calza un *cross* a la bestia que tiene enfrente. El tipo se tambalea, entonces, sin dejar de entonar su lamento, el cantante frustrado lo levanta sobre su cabeza y lo tira contra la lona:

Si es pa' brindar con quinina
el título de Campeón
de Giles del que soy dueño.
Qué fue de aquel viejo sueño
de ver en la marquesina,
fulgurando en el neón
el nombre de Juan Molina.

Termina de cantar y todo es una enorme ovación mientras el locutor le levanta la diestra y lo declara campeón. Quiere creer que aquellos aplausos están dedicados a su talento de cantor. Pero sabe que nadie lo ha escuchado.

Fue por aquellos días que el espíritu de Juan Molina se tornó agrio y huraño. Su fama de hombre recio no se cimentaba en la brutal violencia con la que enfrentaba a sus contrincantes sobre el escenario, sino en su carácter oscuro. Con el correr de las funciones aquel rostro aniñado fue adquiriendo una dureza que le agregaba años y le quitaba esa fresca alegría adolescente. Pero nunca dejó de cantar. Cuando se trababa en las luchas más encarnizadas, aprovechaba el cruel griterío del público ávido de sangre y la estridencia de los acordes de la orquesta siguiendo las alternativas del combate con vientos y redoblantes y así, en medio de aquel bullicio patético y ensordecedor, cantaba a voz en cuello. Aunque el auditorio no lo advirtiera, Molina se prodigaba el íntimo gusto de cantar sobre el escenario. Y cuando sus adversarios quedaban horizontales en la lona, el cantor se hacía la ilusión de que aquellas ovaciones que le regalaba el público eran en gratitud por las canciones que jamás había oído. Ciertamente ganaba más dinero que el magro salario que recibía en el astillero, aun restando el porcentaje que se cobraba su "representante". Pero no era ese el motivo que lo había llevado a aceptar aquel trabajo ignominioso. El solo hecho de estar en el Pigalle le ofrecía la ilusión cercana a dar el breve salto hacia el canto. Pero con el tiempo fue descubriendo que cuanto más crecía su fama de luchador, tanto más se alejaban sus sueños de cantor. ¿Quién habría de tomar en serio a ese triste payaso ataviado como para circo? Llegó a suplicarle a André Seguin que tuviese la piedad de permitirle salir enmascarado. Pero sostenía que era justamente su rostro juvenil y seductor el secreto de su aceptación entre las mujeres. Seguin admitía que su voz no se podía comparar con la de los cantantes que animaban las veladas. Pero como luchador resultó un fenómeno inesperado; la sala se llenaba para verlo pelear, y no estaba dispuesto a arriesgarse con un cambio de timón. Era eso o nada. Molina terminaba su función, inmediatamente se duchaba en el camarín, como si quisiera despojarse no ya del sudor sino del oprobio; se cambiaba, bajaba y se sentaba a una de las mesas que quedaban ocultas en la sombra. Escondiendo su vergüenza tras la nube de humo de los Marconi sin filtro, escuchaba los tangos que la orquesta iba desgranando. Poco tiempo faltaba para que Juan Molina volviera a cruzarse con Ivonne.

15

Por aquellos días Gardel repartía su existencia entre París, Nueva York y Buenos Aires. Las eternas jornadas en los estudios de la Paramount, las noches en el Greenwich Village, las madrugadas que lo recibían agotado en una suite del Hotel Middletown habían dejado su huella debajo de los párpados del cantor. Las funciones en el Empire, que solían extenderse más allá de los diez bises, las presentaciones en el teatro de la Opera y en el Florida Dancing le habían quitado los diez kilos de sobrepeso que, tiempo atrás, no sabía cómo disimular. Por las noches, en la soledad de su casa de la Rue Spontini 51, con la mirada perdida en un punto incierto más allá del ventanal, lo ganaba la añoranza. Entonces recordaba su vieja casa de la calle Jean Jaurès y el almacén del Oriental, allá en una lejana esquina del Abasto. Volver. Contaba los días que lo separaban del regreso a Buenos Aires. Y pensaba que, en realidad, salvo a su madre y sus amigos de la barra, hacía tiempo que no tenía a quién extrañar. Hasta que la conoció a Ivonne. Cuando finalmente estaba de regreso, no le alcanzaba el tiempo para hacer el circuito de siempre: el hipódromo de Palermo, su viejo y querido Armenonville, el Palais de Glace y el Royal Pigalle. Disfrutaba cada minuto como si fuese el último. La noche en que se fue tomado del brazo con Ivonne no tenía otra intención más que la de pasar la noche acompañado. Gardel no toleraba la soledad, le tenía un miedo infantil. Solía extender las noches hasta la madrugada en la mesa de un restaurante si estaba con amigos o, si estaba solo, se acodaba en la barra de un almacén perdido en el suburbio y conversaba con un mozo estupefacto al descubrir la identidad de su interlocutor. Y era el mismo afán por eludir la soledad el que, de tanto en tanto, lo llevaba a pedirle a André Seguin que le presentara a alguna de sus chicas. La noche en la que le presentó a Ivonne, antes le había susurrado al gerente que lo sorprendiera con alguna de las nuevas, "de confianza, se entiende", le aclaró por las dudas, sin que hiciera falta. Desde luego, Gardel no podía aparecerse en un hotel con una mujer colgada del brazo y, mucho menos, en la casa donde vivía con su madre, doña Berta, en la calle Jean Jaurès. Para esas ocasiones estaba "el pisito", un departamento de paredes empapeladas con flores claras, testigo sin embargo de asuntos oscuros. Aquel bulín elegantemente puesto en el segundo piso de un recóndito edificio de Corrientes y Reconquista, conocido también como "el bulín del Francés", era un pequeño aunque lujoso refugio donde ciertas figuras públicas ocultaban sus cuestiones más privadas. Cantores, músicos, poetas y otros personajes menos clasificables entraban raudos cuando caía la noche, cubiertos por el ala del chambergo, la cabeza hundida entre las solapas del abrigo, rehuyendo las miradas curiosas. El departamento, cuya discreción estaba protegida por la ausencia de portero y la escasez de vecinos, tenía tres ambientes: un cálido living comedor y dos dormitorios estratégicamente retirados. El living, presidido por un amplio ventanal que daba a Corrientes, allí donde la calle se precipitaba al río, estaba defendido de eventuales mirones por el enorme cartel luminoso de Glostora. Allí había un sofá flanqueado por dos sillones, en torno a una mesa baja con tapa de raíz de nogal. Más allá, contra la pared, descansaba un *bahut* repleto de bebidas, cigarros y, ocasionalmente, algún frasquito lleno de polvo blanco que solía durar poco tiempo. El alfombrado y las cortinas púrpuras le conferían una oscuridad íntima y apacible. En el comedor había una mesa oval forrada con un tapete de paño verde, más apta para que rodaran dados y se deslizaran naipes que para servir una cena. Una lámpara baja ceñía el cono de luz al perímetro de la mesa y dejaba el resto en penumbra. Los dormitorios eran gemelos. En cada uno había una cama de dos plazas con cabecera tapizada en capitoné de pana morada, y sendas mesas de noche, cuyos veladores tenían pantallas rojizas que oscurecían más de lo que iluminaban. La ausencia de roperos o placares revelaba la condición transitoria de sus ocasionales huéspedes. Nunca se supo —y quizá nunca se sabrá— quién era el dueño de casa. Se aventuraron muchas conjeturas acerca de la identidad del Francés. Lo que sí era seguro, y para aventar cualquier suspicacia, es que el propietario no era Carlos Gardel, pese a que iba con cierta frecuencia. Varios eran los que tenían las llaves de "el pisito". Pero por lo general, cuando despuntaban las primeras luces del alba y se apagaba el cartel, solía quedar deshabitado. Además de aquellos que con mayor o menor frecuencia reincidían en el escolaso, aparte de los que cada tanto llegaban con la fugaz compañía de una "conocida", el departamento solía dar cobijo temporal a uno que otro amigo de un amigo que, caído en desgracia, no tenía dónde pasar la noche. Alguna vez cierto poeta de voz aguardentosa y buenas intenciones para el canto, en la soledad del bulín, supo entonar unos versos tristes a capella:

Bulín, si hablaran tus muros
de claro papel floreado
que han visto asuntos oscuros;

cuántas veces trasnochado
recalé bajo tu techo,
penando cual condenado,
pa' olvidarme de un despecho
entre el humo y la penumbra,
whisky, cubilete y dados;
y ese cartel que me alumbra
la herida que ella me ha hecho
y que aún no se ha cerrado.
Bulín, si hablaran tus muros
de florido empapelado,
si contaran los secretos
de algún ilustre afamado
de levita y cuello duro
(su nombre no comprometo)
con berretín de poeta
que con sigilo y apuro
entró con una pebeta
poniendo cara de otario,
recitándole un soneto
pa' ahorrarse los honorarios.
Mezcla de asilo y garito,
bulín sin nombre ni dueño,
qué desfile estrafalario
ha pasao por "el pisito":
poetas de tristes sueños,
cantores que han sido mito,
actores de adusto ceño
y algún amigo en apuros
que se quedó sin salario
porque ha perdido el laburo...
...y vos le diste cobijo.
Por si nadie te lo dijo,
bulín de renombre oscuro,

a pesar de tu prontuario
para mí sos el más puro,
como un tanguero santuario.
Timba, minas y partusa,
testigo de mis andanzas,
refugio de mi tristeza
donde me esperan las musas
cuando pierdo la esperanza,
cuando ando sin entereza.

Dos almas en pena

Damas y caballeros: Qué sucedió aquella noche en la que Gardel llegó con Ivonne al departamento de la calle Corrientes es algo que nadie sabrá, salvo los discretos muros del bulín. Pero sin dudas, por la madrugada, ni Gardel ni Ivonne fueron los mismos que entraron horas antes. Ivonne amaba a Gardel antes de conocerlo, antes aún de sospechar su rostro, desde el día en que escuchó su voz. Nadie sabrá el secreto que guardan aquellas paredes empapeladas, pero Gardel, durante los días posteriores, no pudo quitarse de la cabeza el recuerdo de aquellos ojos azules y tristes. Nadie más que el cartel de neón de Glostora fue testigo de lo que sucedió allí adentro, pero lo cierto es que Ivonne ya nunca más quiso volver a su lejana Europa. Nadie supo por qué capricho Gardel decidió cancelar un viaje largamente planificado a Barcelona. Aquella noche, señoras y señores, iba a ser el inicio de algo tormentoso e incierto que, acaso, pudiera llamarse romance.

Tres

1

Si hasta entonces el cuerpo de Ivonne tenía un dueño —André Seguin— ahora su corazón tenía otro: Carlos Gardel. Nada había cambiado en su aspecto ni en su rutina nocturna. De hecho, nadie tenía motivos para sospechar que un cataclismo acababa de hacer eclosión en el espíritu de Ivonne. Ni el gerente del cabaret, ni cada uno de los cuatro o cinco clientes con los que salía cada noche hubiesen podido percibir que aquella muchacha no era la misma que habían conocido. Como todas las madrugadas, Ivonne vaciaba su pequeño tesoro sobre el escritorio del despacho de André y volvía a la pensión cercana al mercado Spinetto. Pero ahora, lejos del Royal Pigalle, los días eran otra cosa. Las tardes empezaron a cobrar existencia. Ya no dormía desde las siete de la mañana hasta las siete de la tarde. La dueña de la pensión no salía de su asombro al verla bajar al mediodía, vestida "como una señorita", y almorzar junto a los demás huéspedes, muchos de los cuales hasta entonces desconocían su existencia. Apenas si comía, pero al menos probaba algún bocado antes de salir a la calle. Todas las tardes, a la hora de la siesta, caminaba las largas cuadras que la separaban del bulín del Francés. Nunca hacía el mismo camino, a veces bajaba por la avenida Rivadavia, bordeaba el Congreso, tomaba Avenida de Mayo y desde Suipacha caminaba hasta Corrientes. Otras veces se desviaba unas cuadras y se llegaba hasta el Palacio de Tribunales; en un banco de plaza Lavalle se sentaba a contemplar el teatro Colón, miraba el reloj y luego apuraba el paso por Diagonal Norte y retomaba su camino. A las cuatro en punto era la cita de cada tarde. Entraba al edificio con la copia de la llave que él le había hecho, subía en el ascensor jaula, bajaba en el segundo piso, golpeaba tímidamente la puerta y ahí estaba él. Ella se conformaba con el calor del abrazo, con la sonrisa hecha con la mitad de la boca, sólo para ella. Le alcanzaba con la caricia de su voz, con su perfume hecho de gomina y tabaco inglés. Con el regalo de su mirada, con sus ojos negros ya era suficiente. Todo lo que venía después era mucho más de lo que podía pedir. Y estaba agradecida. Jamás tuvo un reproche, nunca una palabra agria. Ivonne temía dar un paso en falso, hacer un gesto grandilocuente que lo ahuyentara como a un pájaro. Con verlo, nada más que verlo, le bastaba. Que se dignara encontrarse con ella cada tarde le parecía mentira. Tenía miedo de decir una palabra de más. Nunca se atrevió siquiera a sugerirle que estaba perdidamente enamorada. Pero ahora es feliz. Discretamente feliz. En la soledad de su cuarto, mientras hace girar la manija de la vitrola para volver escuchar su voz, con la misma melodía que antes le cantaba a ese Gardel cuyo rostro trataba de imaginar, aquel que le había enseñado a hablar el castellano, Ivonne ahora entona:

> *Gira que te gira mi alma*
> *igual que aquella vitrola;*
> *si ayer lloré triste y sola*
> *hoy la dicha me ilumina,*
> *quién diría que esta mina,*
> *papirusa de burdel*
> *que rodaba como dado de escolazo,*
> *iba a terminar en los brazos*
> *del mismísimo Gardel.*

Vos me enseñaste el lenguaje,
este lunfardo porteño
bravo como el malevaje
y cálido como un leño.
Quiero que vueles, paloma,
y vayas donde está él;
que le contés de mi amor,
y que me traigas su aroma,
su voz que me da calor
como cuando digo su nombre: Gardel.

Gira que gira la pasta
del disco en el gramofón;
si ayer me ganó el hastío
hoy al fin le digo: basta,
y canto desde el balcón,
junando abajo el vacío,
sin sentir la tentación;
ya no quisiera caer,
porque sé que has de volver,
como reza tu canción,
a este cuerpo que hoy no es mío.

Gira que gira, vitrola
como un loco carrusel;
quiero marearme en tu púa,
en tu bocina de orquídea.
Hoy que pasó la garúa,
respiro esta cosa nívea
y no me siento tan sola,
sé que voy a estar con él;
y mi dicha se acentúa
cuando escucho tu voz tibia
y digo su nombre: Gardel.

A Ivonne le costaba creer que todo aquello fuese cierto. Cada vez que escuchaba el disco de Gardel, temía que su romance fuese tan etéreo e intangible como la voz que salía de la bocina del fonógrafo para perderse quien sabe dónde.

Gardel no hablaba de sus asuntos privados con nadie. Ni siquiera con sus más íntimos. Su vida sentimental fue un misterio que jamás reveló. Pero quienes más lo conocían sabían que una mujer era lo único que podía perturbar su espíritu. Se le conoció sólo una, Isabel del Valle. Apenas si se mostraba en público con ella. Fueron diez años tormentosos que, sin embargo, no perturbaron su carrera. Se ha dicho que el celo que guardaba Gardel para preservar su vida privada era una estratagema dirigida al público femenino con el propósito de mantener un halo de misterio, de modo que no hubiese una sola mujer que no conservara la ilusión de que todo su amor podía estar destinado a ella. Pero quien diga esto no ha conocido a Gardel. Era un código de hombres guardar las cuitas y las victorias. Sobre eso no se hablaba. Sobre eso se cantaba.

El breve episodio de Gardel con Ivonne estaba destinado al fracaso. No por desamor; al contrario. Aunque jamás se atrevieron a confesarlo, estaban completamente enamorados. Pero el Zorzal se resistía a dejarse caer en las redes del amor. Por otra parte, Ivonne no tenía la habilidad ni la disposición de la araña. Así eran las cosas. Primero estaba la lealtad a los amigos, el café, el cabaret, la noche. Las mujeres eran objeto de culto, estaban ahí, pérfidas e ingratas, para cantarles, para sufrir sus traiciones o para lamentar su malquerencia en la letra de un tango. Ahí estaban para recordarles que ellos las habían sacado del fangal y terminaban yéndose con otro, con un bacán. Con la misma tenacidad del salmón nadando contra la corriente, Gardel se resistía a dejarse arrastrar por el torrentoso cauce de las pasiones. Por otra parte, existía una idea carcelaria del noviazgo y del matrimonio. Después de los amigos estaba la libertad. La mujer y los hijos eran algo que le sucedía a la gilada. Si alguno de los muchachos del café era descubierto en la flagrante intención de abandonarlos por una mujer, era inmediatamente aleccionado por los más experimentados, por aquellos que habían vuelto del infierno del matrimonio o se habían salvado providencialmente en el último minuto. Así, el pobre desgraciado que había sucumbido al amor se convertía en el centro del círculo formado por los amigos dispuestos a cantarle los más sabios consejos:

No hay excepción a la regla
tan sabia como tan vieja,
buey solo bien se la arregla
y aunque parezca de otario
atendé la moraleja,
es mejor el solitario
que andar jugando en pareja.

Entonces tomaba la palabra el siguiente que, con la voz inflamada por la experiencia, cantaba:

La mina es como el absento:
está bien para una noche
no para toda la vida;
por eso hay que andar atento
no sea cuestión que te abroche
y te arrastre a la caída.

Por si no fuese suficiente, otro de los que regresaron de la muerte civil le explicaba la importancia de mantenerse aferrado a la vida:

Figurate el panorama
de tu vida de casado,
olvidate del estaño,
la milonga, el Politeama;
serán cosas del pasado
amigos de tantos años
del viejo bar de Lezama,
habrán de quedar de lado
como si fuesen extraños.

Pasándole una mano sobre el hombro al pobre infeliz, palmeándolo y dándole el pésame por anticipado, finalmente todos cantaban a coro:

Te fuiste solo a encanar
ciego atrás de una criatura
creyendo que todo es rosa;
hoy no para de morfar
postres, merengue y fatura
y a aquella delgada moza
que tanto supiste amar
le ha quedado la cintura
como al Chacho Peñaloza.
Mirá como son las cosas,
no ha de ser de puro azar
que para atarte de manos
te coloquen las "esposas".

Por todas esas razones, cuando Gardel descubrió que estaba enamorado tuvo el impulso de huir. Pero estaba enamorado. Quiso hacer las valijas y escapar a Barcelona. Pero estaba enamorado. Encendió un cigarrillo e intentó pensar con calma, examinar la situación, ser razonable. Pero había perdido la razón. Nada había que no le recordara aquellos ojos azules y tristes, aquellos pezones adolescentes. Había caído en las manos de la araña que jamás tejió una red. Había caído solo, sin que nadie lo empujara. Pensaba en los rascacielos de Nueva York, en el barrio latino de París, en las fondas portuarias de la Barceloneta, pero nada le producía tanta fascinación como aquellas piernas largas y delgadas que cada día, a las cuatro de la tarde, lo recibían con cálida hospitalidad. De no haber sostenido aquella voluntad contraria al amor, Gardel e Ivonne hubiesen mantenido, quizá, un romance apasionado y a la vez armonioso, si ambos términos no fuesen contradictorios.

Ivonne soportaba con estoicismo y callada resignación las tormentas que sacudían el ánimo del Zorzal. Toleraba con entereza los violentos cambios en su humor: un día era un amante dulce y apasionado, y al siguiente, un témpano flotando en un océano de indiferencia. Por momentos era un mar de locuacidad y efusión, y al rato se convertía en una suerte de animal huraño dentro de una caparazón de silencio pensativo. Una tarde la recibía con un ramo de crisantemos enlazados por un collar de perlas y la otra la esperaba con los puños crispados, como apretando un rencor. A veces le escribía cartas arrebatadas, plagadas de anhelos y siempre a punto de revelar la esperada confesión y, otras, cabizbajo, envuelto en una nube de melancolía, le decía:

—Esto no va más.

Pero nunca era terminante. Ivonne ignoraba que era ajena a los vaivenes sentimentales de Gardel; no tenía forma de saber que él estaba librando una batalla íntima y silenciosa. Ella recibía con recatada alegría los días amenos, y soportaba con callado estoicismo aquellos otros en los que todo parecía negro y tormentoso. Pero, tal vez sin que ella misma lo advirtiera, aquella larga incertidumbre iba horadando su espíritu como las olas que, en su vaivén, van dejando surcos en la roca. Y fue justamente en uno de aquellos intersticios donde iban a anidar las ilusiones de otro hombre. Fue por aquellos días cuando Ivonne conoció a Juan Molina.

2

Cuando terminaba su número bochornoso, Juan Molina veía desde las sombras cómo, de a poco, se iba renovando el público. Los tempraneros asistentes de la sección vermut, que se extendía desde las siete hasta las nueve, iban dejando sus lugares a la fauna de la noche. Conforme las parejas jóvenes y los matrimonios añosos iban abandonando la sala, las mesas empezaban a poblarse de habitués con aires de gigolós, dandis frusleros y *play boys* copiados de las revistas. Después de la media noche llegaban los bacanes en serio. Entonces, sí, empezaba a correr champán del bueno y tabaco inglés. La orquesta circense daba paso a los músicos de verdad, aquellos que alternaban París con Buenos Aires. Y llegaban las mujeres. Las francesas de Francia y de las otras. Emperifolladas con alhajas dignas de princesas, dueñas de una perfidia cuidadosamente estudiada según la ocasión, las faldas por encima de las rodillas y las ínfulas más altas que las plumas que coronaban sus sombreros.

En la media luz del alegre desenfreno, los reunió la desdicha. Tal vez no fuera la primera vez que Ivonne y Molina se veían en el Royal Pigalle, pero se hubiese dicho que acababan de descubrirse, como si de pronto hubieran recordado, sin advertirlo, que sus destinos ya se habían cruzado en dos oportunidades. Por primera vez Ivonne conjeturó en Molina algo más que un luchador. Por primera vez Molina vio en Ivonne algo diferente de una prostituta. Como dos almas extraviadas que se adivinan solitarias en la penumbra y se reconocen de sólo verse cual si se enfrentaran a un espejo, ni bien se descubrieron supieron que sus destinos estaban señalados por un mismo y misterioso índice. No se hablaron. Primero se sorprendieron viéndose a través del fondo de las copas. Después cambiaron unas miradas fugitivas; finalmente sus ojos se encontraron con franqueza y no se separaron durante un tiempo incalculable. Como si de pronto todo hubiese desaparecido en torno a ellos, como dos náufragos que se hallaran en medio del océano y, aun sabiendo que no habrían de salvarse, se abrazaran para no zozobrar en soledad, así, con la misma alegre desesperanza, se miraron durante una eternidad. Y lo supieron todo. Molina supo que detrás de aquellos ojos hechos con el azul turquesa del Mediterráneo, debajo del rouge bordó que dibujaba un corazón partido, había un dolor tan extenso como la distancia que la separaba de su tierra. Sin quitarle la mirada de encima, sin pronunciar una sola palabra, con un silencio lleno de música, sentado a su mesa, Juan Molina le canta con los ojos una canción que sólo ella puede escuchar:

Como un ciego te adivino en la penumbra
escondiendo una pena mayor que tu edad
detrás de la copa clara, efervescente,
de un champán frapé.
Tu pelo de cobre mi tristeza alumbra
y se hace menos honda mi honda soledad;
como un ciego te adivino entre la gente
y me vuelve la fe.
Igual que tus ansias las mías se herrumbran,
nos une una estrella sin luz ni piedad,
nos juntó un destino cruel, indiferente,
y nos dejó fané.

Nadie diría que ese hombre solitario que fuma en silencio, en realidad está cantando. Salvo Ivonne. Ivonne le devuelve una mirada cargada de gratitud y con ese mismo lenguaje que solamente ellos saben hablar, sin mover un solo músculo de la cara, ella le contesta con la misma silente melodía:

Como a tientas te adivino entre las sombras
ocultando en el humo tu herido pudor
y tras la cortina de tu cigarrillo
descubro un espejo,
un cristal quebrado que asusta, que asombra,
al ver en tu imagen mi propio dolor.
Yo sé que en tus ojos despuntan dos brillos
y en ese reflejo
tus lágrimas mudas me llaman, me nombran
y me dan un poco de fraterno amor.
Nos une el albur de los conventillos
donde los anhelos han quedado lejos.

Y entonces, aquella sorda confesión se convierte en un pacto. Ambos silencios se suman y, formando un dúo de mutismo, cantan a voz en cuello sin emitir un solo sonido:

No quiero que me hables,
dejame que sueñe
que tengo un hermano
en tus ojos amables;
por más que me empeñe
en tenderte la mano
quedate en tu mesa
junando en la sombra,

umbrío y silente
fumá tu tristeza,
y gastando la alfombra
que baile la gente.

Sin pronunciar palabra, Juan Molina se incorpora, sale de su madriguera de vergüenza, camina resuelto y, cuando está a dos pasos, sin dejar de clavarle una mirada filosa como un puñal, le hace un cabeceo conminatorio. Con el mentón en alto y sin bajar la vista, como una fiera a medio amansar, un poco en contra de su voluntad, la mujer obedece. Por primera vez obedece. Desde el palco de la orquesta bajan los acordes de "La copa del olvido". Ivonne se pone de pie revelando su figura de espiga, las piernas largas, interminables, que se desnudan por momentos bajo el tajo de la falda. Cuando están frente a frente, Molina la toma por la cintura y aprieta la mano de ella contra su pecho. Por primera vez Ivonne acepta bailar. Se abrazan como quien se aferra a un anhelo. Ninguno de los dos dice una sola palabra. Al principio ella parece ofrecer una resistencia sutil y estudiada. Lo está probando. Entonces Juan Molina la atrae hacia él y la va dominando con la diestra, ordenándole cada quiebre, cada giro. Se miran desafiantes. Se miden. Pero Molina hace su voluntad, obligándola a los caprichos de sus cortes y quebradas.

Bailaron durante un tiempo que pareció eterno. Hasta que el hombre decidió que era suficiente. Cuando terminó la pieza la separó de su cuerpo, hizo un gesto con la cabeza que pudo ser un "gracias" o una expresión de triunfo. Luego se alejó hacia su refugio de sombras con la convicción de que la tenía en la palma de su mano. No sabía cuánto se equivocaba.

La mujer volvió a su mesa y Molina pudo ver que tras ella fue el gerente, André Seguin. Sin pedir permiso se sentó junto a la mujer, encendió un cigarrillo y la increpó con indignación, visiblemente ofuscado. Ella miraba hacia otro lado, hacia ninguna parte, provocando en su patrón una furia creciente. Cuando dio por finalizado el sermón, que Molina no llegó a escuchar, se levantó de la mesa y miró al luchador con unos ojos hechos de veneno. Era una advertencia. Al rato el gerente volvió acompañado de un hombre que vestía como un magnate. Con una sonrisa artificial, André Seguin le presentó ampulosamente a la mujer, cambiaron unas palabras; luego los dejó solos y, por fin, subrepticiamente, "Su Excelencia" le tendió la mano, invitándola a que se incorporara. Con expeditiva amabilidad, el hombre la ayudó a ponerse el abrigo y se retiraron rápidamente. Antes de salir, Ivonne le dedicó la última mirada a Molina.

A partir de aquel primer baile, la escena se repitió durante las noches siguientes. Molina esperaba en su mesa la llegada de Ivonne. A las doce, ni un minuto más ni un minuto menos, ella aparecía, siempre deslumbrante, desde la escalera. Contoneaba su figura espigada desfilando sobre el alfombrado rojo y ocupaba su mesa, la misma de siempre. Sentados frente a frente, iniciaban el ritual de las miradas. Jamás se dedicaron una sonrisa. Nunca un gesto amable ni mucho menos un saludo. Cuando la orquesta empezaba a tocar, Molina torcía la cabeza y, como respondiendo a la orden del amo, Ivonne se levantaba de su silla, caminaba hasta la pista y esperaba a que él llegara para abrazarla. Y así, sin hablar, Molina cantaba sus confesiones y recitaba sus anhelos:

No quiero saber tu nombre,
no quiero escuchar tu voz;
por qué romper con chamuyo,

melena de cobre,
el ronco murmullo
de aquel bandoneón.

Aferrao a tu talle de espiga
no hace falta que me digas
lo que bate tu mirada,
lo que grita el corazón
cuando lo siento en mi pecho.

No quiero que digas nada
que me quite la ilusión,
con que bailes estoy hecho;
una vuelta, una sentada
dicen más que el más bocón
y tus tacos al acecho
listos para la quebrada
hablan como una canción.

Y otra vez, formando un coro que sólo ellos dos podían escuchar, cantaban:

Yo sé que andamos maltrechos
entre la paré y la espada
pero ha de haber salvación
pa' no colgarnos del techo
si es que el destino se apiada
y nos junta en el salón
pa' bailar sin decir nada.

Bailaban tres o cuatro piezas, se separaban y cada cual volvía a su mesa. Entonces llegaba algún bacán ataviado de smoking, invitaba a la mujer con una copa de champán y luego se iban juntos rápida y discretamente.

Y así, todos los días, Juan Molina hacía su número de *catch* mientras cantaba sus anhelos trenzado en lucha con los sucesivos integrantes de la troupe. Más tarde diluía su vergüenza con unas copas de whisky barato, esperaba que llegara su silenciosa compañera y bailaban sus mudas confesiones. Temían que una palabra rompiera de pronto el ensalmo que los unía noche tras noche, que una conversación franca deshiciera el idilio construido a fuerza de un callado esmero. Querían conservar aquella entrañable amistad nacida de ese mudo lenguaje que nadie más que ellos podía entender. Como si la pista de baile fuese un islote en medio del océano tormentoso de sus existencias, sus cuerpos se aferraban desesperados y se separaban dolidos por el deseo largamente contenido. Pero sabían que el torrente de las pasiones algún día habría de salirse de su cauce. Y ese día llegó.

3

Una noche entre tantas sucedió lo que tenía que suceder y el silencio llegó a su fin. Podía decirse que Molina e Ivonne se conocían mejor que nadie. Hablaron. Hablaron como dos viejos amigos. En el rincón más oscuro del cabaret, hablaban hasta que la boca se les secaba y entonces tenían que humedecerla con el siguiente trago. Juan Molina escuchó lo que ya sospechaba: el corazón de Ivonne tenía un dueño. Un dueño que la tenía a maltraer pero al que no podía olvidar. Para evitar desavenencias con el gerente del Royal Pigalle, que no veía con buenos ojos la forma en que el luchador espantaba potenciales clientes de Ivonne, Molina, como un parroquiano más, arregló con André Seguin que habría de pagar de su sueldo las copas que consumiera Ivonne durante el tiempo que estuviese con él.

Y así, mientras conversaban, Molina se perdía en el azul profundo de los ojos de Ivonne, miraba cómo se movían sus labios encarnados y entonces las palabras empezaban a perder sentido, a diluirse en la perfumada brisa de su aliento. Tenía que hacer esfuerzos para no besarla, para no bajar la vista y extraviarse en el ensueño de su escote. Deseaba que el tiempo se congelara en ese instante, en aquella hora única y no tener que escuchar las palabras que daban comienzo al suplicio cotidiano:

—Tengo que trabajar.

La relación de Molina con Ivonne fue tortuosa, escarpada y, por lo general, cuesta arriba. Hasta entonces Molina ni siquiera sospechaba quién era aquel que la tenía a maltraer. Aquella mujer que por momentos abría su corazón y hablaba con franqueza, la misma que ofrecía su amistad sin poner condiciones, de pronto se cerraba como la flor de la dama de noche cuando despuntan las primeras luces del alba. Exactamente así era ella; durante la noche se la veía esplendorosa, sus ojos azules brillaban en la oscuridad con el pérfido fulgor de los felinos. Bailaba el tango, garbosa y sensual; centelleaba como las burbujas de champán y reía. Durante la única y esperada hora que compartía con Molina, reía con una felicidad que se diría infantil. Conversaban como dos viejos amigos, hasta que llegaba el momento fatídico en que Ivonne miraba el reloj y le decía:

—Tengo que trabajar.

Entonces Molina asentía con una sonrisa resignada, se despedía y volvía a su oscuro rincón. Al principio, el cantor se quedaba bebiendo en silencio, mientras simulaba no mirar. Ardía en su propio fuego cuando la veía conversar con alguno de aquellos figurones almidonados que se sentaban a su mesa, ocupando la misma silla que él había dejado vacante. Se quemaba a fuego lento cada vez que le dedicaba una sonrisa a algún veterano con aires de dandi, mientras le hacía pagar una copa tras otra. Intentaba apagar con whisky la hoguera del sufrimiento, al ver cómo Ivonne susurraba al oído de uno de esos carcamanes con pretensiones mundanas.

Suena la orquesta. La gente baila. Molina canta su callado dolor:

Que no parezca un reproche;
yo sé, la cosa es así,

no quiero que vos te enteres
que sufro noche tras noche
cuando te veo salir
para llenar de placeres
a un bacán con pinta 'e gil.

Juan Molina la ve trabajar a Ivonne y no puede reconocer en aquella mujer a su amiga. Con un grito sofocado, entona:

Dirás:
pa' qué revolver la daga,
por qué aguantar el ardor.
Quizás
meter el filo en la llaga
me deshaga de este amor.
Te vas
con el primero que paga
y a mí me mata el dolor.

Acompañado por la orquesta que toca en el palco un tango desgarrado, flanqueando su dolor las parejas que bailan en la pista, Juan Molina, desde su rincón de sombras canta:

Atornillao a mi mesa,
junando desde el oscuro,
clavándome los puñales
me digo: quién será esa
que cuando está de laburo
me llena el alma de males.

Y viéndola sonreír con una alegría insólita, conversando radiante con los desconocidos que se acercan a su mesa, Molina se pregunta dónde ha quedado aquella chica que le confesaba sus pesares, quién es la que, animada y sensual, regala carcajadas hechas de alegre champán.

Te veo y no sé quién sos;
dónde ha quedado la que era
de baile mi compañera.
Por qué este destino atroz
pasa el filo de la hoz
por mi breve primavera.

Ocultando su padecimiento infinito en el rincón más oscuro del cabaret, Molina se retuerce en su propio infierno cuando, al final de cada noche, Ivonne sale acompañada por alguno de aquellos vampiros que esconden sus colmillos lascivos debajo del ala del chambergo de fieltro.

La vida de Juan Molina pronto se redujo a la única hora en la que se encontraba con Ivonne; el resto era espera y angustia.

Juan Molina no hablaba con nadie. En su breve paso por el Royal Pigalle no hizo amistades. Apenas si cambiaba alguna palabra con sus compañeros de la troupe, los saludos de rigor con el personal y el escueto "gracias" resignado cada vez que André Seguin le daba el flaco sobre que contenía su sueldo. Muchos solían confundir su mutismo con aires de superioridad. Sólo Ivonne sabía que aquel silencio huraño era hijo de la más amarga de las frustraciones. A su magro salario, Molina tenía que restarle el veinte por ciento que se cobraba su representante, el tal Balbuena. Sabía que el contrato que había firmado con su "agente artístico" no tenía ningún valor legal, que bien podía negarse a pagar por un servicio que nunca había recibido y, llegado el caso, el mismo Seguin podría atestiguar que Balbuena no había hecho ninguna gestión para que su "representado" hubiese sido contratado. Pero además de la palabra empeñada, Molina se obstinaba en creer que su representante estaba ocupado en febriles negociaciones con tal o cual empresario del inaccesible mundillo artístico. En rigor, le estaba pagando por una promesa antes que por los servicios prestados. Por aquel entonces la existencia de Juan Molina estaba sostenida en unas pocas esperanzas inciertas.

—Es cuestión de paciencia, le estoy gestionando una audiencia con un empresario francés —le decía Balbuena, apretando la boquilla entre los dientes.

Por otra parte, André Seguin había descubierto que la única forma de retener a Molina dentro de las cuerdas del ring era manteniendo encendida la brasa de la ilusión.

—Tenga paciencia, Molina, usted es un hombre joven y canta como los dioses. La voz no la va perder. Ya le voy a arreglar el debut que se merece en el Armenonville o en el Palais de Glace —le decía el gerente palmeándole el hombro.

Pero la esperanza más esquiva, la que más se alejaba cuanto más cerca parecía estar, era la inasible promesa en la que se había convertido Ivonne. Juan Molina pensaba día y noche en Ivonne. Era su rostro pálido lo primero que evocaba el cantor al despertarse; durante el día esperaba la medianoche para verla. Entonces los minutos se convertían en horas y las horas en días. Apenas si se quedaba en el cuarto de la pensión, evitando la soledad que acrecentaba su ausencia. Molina salía a caminar sin rumbo intentando distraerse, se sentaba a tomar un café, encendía un cigarrillo y mientras más esfuerzos hacía para aventar la mariposa sombría de la añoranza, más pertinaz se hacía su ansioso aleteo. Nada había que no le recordara a Ivonne. En las volutas del humo y en la borra del café creía ver la suerte que el destino le habría de deparar junto a ella. En la silueta fugitiva de una mujer que pasaba al otro lado de la ventana, en un taconeo rítmico que súbitamente sacudía el silencio del bar, en las estelas de perfume francés que quedaban flotando en el aire, en el contoneo huidizo de una pollera, en todo cuanto lo circundaba, Molina encontraba el recuerdo de lo que quería olvidar. Y cuando se aproximaba la hora, mientras se cambiaba para salir a escena, todo se convertía en un trámite que apurara las agujas del reloj. Salía al escenario, daba su patética función, más concentrado en el tiempo que lo separaba de su anhelado encuentro que en el eventual contrincante que se le pusiera delante, terminaba el trámite con una brutal puesta de espaldas a su rival, se duchaba, volvía a cambiarse y se sentaba a la mesa del rincón más oscuro a esperar a que llegara. A las doce en punto, finalmente, la veía aparecer entre la bruma. Entonces la vida recobraba su sentido.

Así era la existencia cotidiana de Juan Molina. Hasta que una noche y sin que nada lo anunciara, Ivonne faltó a la cita habitual. Lo mismo sucedió el día siguiente. Y cuando se cumplió una semana de ausencia, Juan Molina creyó enloquecer de desesperación.

La existencia de Juan Molina es ahora una búsqueda desesperada. Sumido en el desconsuelo, sale sin rumbo a buscar a Ivonne. No sabe dónde vive; alguna vez le ha escuchado mencionar la calle Sarandí —o quizá Rincón, no está seguro—, en el barrio de San Cristóbal. Como un perro perdido, recorre Sarandí desde su nacimiento, en la avenida Rivadavia hasta el final rotundo en los paredones del Arsenal de Guerra, y luego vuelve por Rincón. Buscando un indicio, creyendo encontrar una señal en la puerta de algún inquilinato, en una prenda colgada de un balcón; de pronto se queda haciendo guardia en una esquina, fumando un cigarrillo tras otro, esperando verla entrar o salir. Y así, de pie, con una pierna flexionada contra un poste, el cigarro pegado a los labios, Juan Molina canta su amargura:

> *Qué profunda que es la angustia,*
> *qué insoportable el dolor*
> *de no saber qué te has hecho,*
> *el bobo se escapa 'el pecho*
> *cuando veo ese balcón,*
> *aquel de las flores mustias,*
> *el de los muertos capullos,*
> *ahí en la calle Rincón*
> *y ruego que no sea el tuyo.*

Y ante la canción de Molina, los changarines del mercado Spinetto, que descansaban bajo el dosel de chapa, y las puesteras, que acababan de cerrar las tiendas, se contagian de aquella tristeza, abrazándose para bailar el tango desconsolado:

> *Si me hablaran las baldosas*
> *de avenida Rivadavia,*
> *si me dijeran qué cosas*
> *han visto, de tu alma qué se hizo...*
> *Te juro que me da rabia*
> *haber estao tan otario*
> *de no saber calle y piso*
> *donde tu percha reposa;*

A la súbita danza frente al mercado, se suman los camioneros y las mujeres que llegan con las bolsas de compras, mientras Molina canta:

> *si yo tuviera la labia*
> *para apretar un rosario*
> *y con el de arriba charlar*
> *le daría cualquier cosa*
> *pa' que vuelva el calendario*
> *al día en que en el Pigalle*
> *yo te tuve entre mis brazos.*

Las últimas luces del día van cediendo la posta a los faroles. Debajo de ese tenue resplandor fantasmal, entre la bruma, la amable fauna del Spinetto acompaña bailando la pena del cantor:

> *Y ahora que cae el ocaso*
> *en la calle Rivadavia,*
> *sobre la ciudad tan triste,*
> *lloran lágrimas de savia*

los grisáceos paraísos
porque no escuchan tus pasos
taconeando contra el piso
desde el día en que te fuiste.

Cuando Juan Molina concluye su canción, las parejas se disuelven y cada quien vuelve a lo suyo.

Después de varias e infructuosas pesquisas, Molina terminaba yendo al café de Rodríguez Peña y Lavalle con la inútil esperanza de que apareciera, como solía hacerlo todos los miércoles. Por la noche, en el Royal Pigalle, indagaba cada vez con menos disimulo, preguntando a todo aquel que pudiera tener alguna información. Pero Ivonne no tenía amigos. Por toda respuesta obtenía un encogimiento de hombros. Una noche, al borde de la desesperación, se infundió coraje y decidió recurrir al único que, sin dudas, debía saber algo: André Seguin. Sin importarle nada, se plantó delante del gerente y le preguntó por Ivonne. Contrariamente a lo que esperaba, Seguin mostró un gesto compungido y afectuosamente posó su mano sobre el hombro de Molina. Con el corazón en la boca, el cantor no supo si quería escuchar la respuesta. El gerente lo condujo hacia la barra y en un tono paternal le dijo:

—Molina, yo sé lo que siente por esa mujer. Pero si me permite un consejo, le diría que se olvide.

Lo último que quería Juan Molina era escuchar una recomendación. Quería saber dónde estaba y correr a su encuentro.

—Lo único que le puedo decir es que por aquí no va a volver —resumió Seguin.

El cantor quiso que le dijera dónde podía encontrarla. El gerente sacudió la cabeza, volvió a palmear las espaldas apesadumbradas de Molina y se alejó.

Antes de perderse en la penumbra, se detuvo, giró la cabeza y repitió:

—Olvídese, hágame caso.

Molina, petrificado, creyó morir de desconsuelo.

Las noches en el cabaret se volvieron para Molina una repetida tortura. Al tormento de ver frustradas sus aspiraciones de cantor, a la ignominia de tener que exhibirse disfrazado sobre un ring circense, ahora debía agregar la ausencia de lo único que le ofrecía una ilusión. La mesa que ocupaba Ivonne quedó vacía como un triste recordatorio. Molina se había convertido en una sombra agostada de lo que fue. Sobre el escenario, aquella bestia de porte recio que cantaba su furia mientras demolía a sus contrincantes, ahora era un animal domesticado que mal podía esconder su desgano. Más flaco y desmejorado, sus compañeros de la troupe debían hacer esfuerzos ingentes para fingir que caían derrotados por el campeón. Los números de catch solían coronarse con la participación de algún espectador que se animara a desafiar al campeón. Por lo general Molina debía enfrentarse con gordos envalentonados por las burbujas del champán. Solía ser piadoso. Nunca lastimó a nadie. Con un par de llaves defensivas bastaba para dejarlos fuera de combate. Pero, cierta vez, André Seguin vio con preocupación cómo un amateur de mediana estatura, que en otro momento no hubiese durado más de treinta segundos en pie, estuvo a punto de derrumbar a Molina. Esa misma noche, el gerente citó a Juan Molina a su despacho. Mientras se duchaba, Molina no tenía demasiadas dudas sobre el motivo de la citación; trabajo no habría de faltarle, se dijo, y en última instancia, sabía que las puertas del astillero estaban todavía abiertas para él. Y quizá fuese mejor así; si el cabaret se había convertido en su muro de los lamentos, tal vez abandonar el ámbito del Pigalle habría de ayudarle a olvidar a Ivonne.

Esperando escuchar lo que imaginaba, Molina se sentó cabizbajo al escritorio frente a un inexpresivo André Seguin.

—Molina… —titubeó el gerente buscando las palabras más adecuadas—, las cosas no van bien, usted lo sabe.

El luchador asintió sin mirar a su interlocutor.

—Créame que lo lamento, pero esto así no puede seguir. No me sirve a mí ni tampoco le sirve a usted.

Molina quería que Seguin se ahorrara el prólogo.

—En este estado usted no puede seguir luchando.

Tuvo el impulso de levantarse en ese mismo instante e irse.

—Creo que lo mejor sería que se aleje del Pigalle por un tiempo…

Juan Molina sabía el significado protocolar de la frase "por un tiempo".

—Estuve pensando que tal vez sería bueno cambiar un poco de aire.

El gerente guardó un prolongado silencio y finalmente sentenció:

—Quiero que cante en el Armenonville.

El cantor tardó en comprender el significado de aquellas breves palabras.

—El sábado próximo, si está de acuerdo, podría ser la fecha del debut.

Molina levantó la cabeza y fijó su mirada en los ojos de André Seguin con una expresión desorbitada, como si acabara de recibir un cross a la mandíbula. No supo qué decir. No supo qué pensar. Sintió una dicha tan inconmensurable como ajena, como si aquello le estuviese sucediendo a otro y él no fuese más que un testigo involuntario. Entonces descubrió que no cabía en su espíritu ni un ápice de felicidad.

5

Es viernes. Juan Molina cuenta las horas que lo separan del debut en el Armenonville. Tiene la certeza de que aquel número de catch que acaba de terminar será el último. Se tiene fe. Sabe que cuando lo escuchen cantar terminarán ovacionándolo y le pedirán bises una y otra vez. Alberga la íntima certidumbre de que André Seguin habrá de convencerse, de una vez, que es mejor negocio tenerlo delante de una orquesta que detrás de las cuerdas del ring. Sin embargo, ahora que se le presenta la oportunidad que ha esperado toda su vida, si el Genio al que solía invocar cuando era un niño se le apareciera en ese momento, le pediría sin vacilar un solo deseo: encontrar a Ivonne. Molina acaba de salir de su función en el Royal Pigalle. Es temprano todavía. Piensa en su debut como cantor y ni siquiera esa idea le provoca alegría. Ahora camina por Corrientes con las manos en los bolsillos y canturrea:

Hoy que por fin llegó el día,
el momento más ansiado,
no habrá champán ni festejos
no me queda ni alegría
eso es cosa del pasado,
de un tiempo que quedó lejos.

Para qué quiero la gloria,
los carteles de neón,

los aplausos y la fama,
si mi más dulce victoria
sería encontrarte, Ivonne,
y ya no pedir más nada.

Si parece que el de arriba
se burlara de mi suerte,
ahora que se cumple un sueño
la felicidad me esquiva
y esta vida que no es vida, que es la muerte
se consume como un leño.

Qué me van hablar ahora
del grandioso Armenonville,
de sus tablas legendarias
si en verdad no veo la hora
esperando como un gil
y sufriendo como un paria.

Qué suerte fula y atroz:
cuando al fin lo tengo todo,
cierran heridas pasadas,
ahora me faltás vos...
y eso es no tener nada.

No bien termina de cantar, cree haber caído en aquellas ensoñaciones infantiles: oculta en la entrada de una tienda de ropa, cubriendo su rostro con un velo de tul, ahí estaba ella.

—Te estaba esperando —susurró—, pero no quiero que nos vean juntos.

Molina no supo qué hacer ni qué decir. Ivonne le dijo que siguiera caminando como si nada, que se alejara de ahí, que fuera hasta la confitería del Molino y la esperara. Caminó como un autómata sin atreverse a darse vuelta. El corazón se le salía del pecho. Molina apuraba el paso por Corrientes, cuando llegó a Callao tuvo un miedo inexplicable. Sintió pánico de no volver a verla, de que la pesadilla volviera a comenzar. Con las manos metidas dentro de los bolsillos y una ansiedad indecible, poco menos que corrió hasta la avenida Rivadavia. Entró en la confitería que estaba atestada de gente y buscó una mesa en algún rincón; hizo un recorrido sumario con la mirada y se encaminó hasta el fondo. Se sentó, encendió un cigarrillo y de pronto se dijo que se había ubicado muy lejos de la puerta, que quizá Ivonne no lo vería y, creyendo que nunca había llegado, se fuera. Entonces se incorporó y corrió hasta una mesa que acababa de desocuparse junto a una de las vidrieras. De pronto lo asaltó la idea de que tal vez ahí estarían demasiado expuestos, Ivonne le acababa de decir que no quería que los viesen juntos. Molina apeló a la calma e intentó quedarse quieto. No separaba la vista de la puerta. Alternativamente miraba el reloj y se preguntaba por qué no llegaba de una vez. Acaso había entendido mal y no era en el Molino sino en la Ópera. ¿O en el Ciervo? Había pasado apenas un minuto y medio; sin embargo, para Juan Molina fue una hora y media. Se dijo que era un estúpido: tenía que haber dejado que ella caminara adelante para no perderla de vista. No se perdonaba no haberla tomado del brazo sin importarle nada. La había visto asustada. ¿Y si le hubiese pasado algo en el camino? Se agitó la puerta y, cuando esperaba verla entrar, comprobó con desilusión que se trataba de un matrimonio de ancianos. Temió que aquel encuentro fugaz no hubiese sido más que una alucinación nacida de la desesperanza. Estaba por levantarse y correr hasta el café de la Ópera, cuando por fin entró ella. Molina le hizo una seña con el brazo en alto. Ya lo había visto.

Ivonne se acercó y, sin sentarse, le dijo que se mudara a una mesa más discreta. De modo que desanduvo el camino y volvió a la misma mesa sobre la cual había dejado el cigarrillo encendido. Si lo que querían era pasar inadvertidos, no lo habían conseguido; el mozo los miraba como esperando la próxima migración.

Ivonne hablaba a borbotones y miraba a izquierda y derecha por el rabillo del ojo. Molina le pidió que se serenara, que no entendía absolutamente nada de lo que estaba diciendo. Entonces intentó buscar las palabras más adecuadas. Fue sucinta pero clara. Juan Molina escuchaba con estupor. Le dijo que su repentina desaparición tenía dos motivos. El primero: había decidido huir de la protección de André Seguin. El segundo: había huido con su amante. Molina no ignoraba lo que significaba la traición. Conocía el código de honor de la organización Lombard. La noticia de que había escapado con su amante fue un puñal en medio del estómago. Ivonne se recogió el tul sobre el sombrero, miró a Molina al centro de sus pupilas, le tomó la mano y en un susurro le dijo:

—Te necesito.

Iba a decirle que le pidiera lo que quisiera, que estaba dispuesto a cualquier cosa, cuando comprendió que no le estaba pidiendo ningún favor, que lo que quería era hacerle saber de su cariño. Molina creyó no poder resistirse a confesarle su amor.

—Sos el único amigo que tengo, el único en quien puedo confiar.

Juan Molina estuvo a punto de retribuir aquella declaración. Pero calló a tiempo para no hablar de más. Después de un largo silencio, Ivonne enlazó sus dedos entre los de él y, como si fuese una súplica, le dijo:

—Quiero que vengas conmigo.

Molina escuchó claramente, pero no comprendió. Estaba decidido a seguirla adonde fuera, pero Ivonne acababa de confesarle que había escapado con su amante. Entonces la mujer le explicó que su amante era una persona muy importante, que necesitaba un chofer, alguien de confianza y que ella había pensado en él, le aseguró que no solamente le pagaría más de lo que ganaba como luchador en el cabaret, sino que, además, era un hombre muy influyente en el negocio de la música, que tal vez podía empezar trabajando como chofer y después quién sabe..., era cuestión de que lo escuchara cantar. Lo único que había entendido Molina de aquel monólogo fueron las palabras "quiero que vengas conmigo". Era una locura.

—Pensálo —le dijo—, pero no tenés mucho tiempo. Si aceptás, deberías empezar mañana mismo. Tendrías que llevarlo a Santa Fe.

Ivonne extrajo una tarjeta de su cartera, hizo una breve anotación y le dijo que si estaba de acuerdo fuese al día siguiente a las cinco de la tarde a esa dirección. Después de lo cual se echó el tul sobre la cara, se levantó de la mesa y se fue sin saludar. Acodado en el mármol de la mesa, Molina recordó que el día siguiente, ese sábado, iba a ser su debut en el Armenonville. Miró la tarjeta que le había dejado Ivonne. No había mucho que considerar: cumplir su sueño de cantor, entrar por la puerta grande del salón de tango más codiciado aun por los consagrados, o volver a sentarse frente a un volante como en los viejos tiempos cuando trabajaba de chofer en el astillero. No tuvo dudas.

Esa misma noche vuelve al Royal Pigalle, va hasta el despacho de André Seguin y resuelve el dilema con una sola palabra:

—Renuncio.

Una vez en la calle, Juan Molina, con toda la voz, canta su convicción a quien quiera escucharlo:

Ya sé, no me importa nada
con tal de estar cerca tuyo
me arrastro por el fangal,
he perdido hasta el orgullo
y abandoné la parada,
como desbancado guapo.
Mirá, si parezco un trapo,
un cascoteao animal,
un perro que ni barullo
mete pa' no molestar.

Y ahora me desayuno
que tenías un amante,
un engrupido bacán
que afana con blanco guante,
un gil de mirar vacuno
con más vento que un sultán.

Pero miren, hay que ver
las graciosas pretensiones
que tiene su majestad:
valet, sirviente y chofer
que lo lleve a los salones
más butes de la ciudad.
No vas a sentir piedad
al verme calzarle los leones
y hasta sus timbos lamer
pa' que no pierdan el brillo;
sabé que este poligrillo
de todo es capaz de hacer
para no tenerte lejos;

voy a tenerle el espejo
pa' que se mande la biaba
de gomina y de perfume
y a calentarle la pava
pa' cebarle unos amargos;
y cuando tu bacán fume
sus cigarros importados
yo me escondo en un rincón
para llorar como un gil
la triste resignación
de no haberme presentado
en el gran Armenonville
para tenerte a mi lado.

6

A las cinco en punto de la tarde, Juan Molina estaba en la puerta de calle del bulín del Francés. Del otro lado de la reja lo estaba esperando Ivonne. Lo hizo pasar, le arregló el nudo de la corbata, le acomodó el cuello de la camisa y le quitó una pelusa del hombro.

—Estás muy buen mozo —le dijo a la vez que, en puntas de pie, le besaba la mejilla. Molina examinó el hall del edificio y se dijo que aquella no parecía, exactamente, la residencia de un magnate. Era cierto que no podía evitar una suerte de animadversión hacia todo lo que tuviese alguna relación con su rival. Mientras subían en el lento ascensor de jaula, intentaba imaginar el aspecto de su futuro patrón. Sentía una curiosidad morbosa por conocer a aquel que le había arrebatado el corazón a la mujer que amaba secretamente. Se lo veía inquieto; pero no eran los nervios propios de una entrevista de trabajo, de pronto cayó en la cuenta de que estaba por exponerse a una humillación; sabía cómo eran esos cajetillas: el tipo no se iba a ahorrar ningún desprecio frente a su amante. Todo el tiempo necesitaban demostrar poder. No quería que Ivonne lo viera agachando la cabeza, confesando que no había terminado la escuela primaria, como si hiciera falta para manejar un auto; teniendo que jurar que, siendo pobre, era, además, honrado. Pero Molina estaba dispuesto a hacer cualquier cosa para estar cerca de Ivonne. Cuando entraron en el departamento, no pudo menos que sorprenderse por el mobiliario; aquello era, a todas luces, un garito. La mesa forrada en paño verde, las coloridas pantallas de las lámparas, las persianas cerradas, todo tenía el acre perfume de la clandestinidad. Ivonne se movía como si fuese la dueña de casa. Juan Molina no pudo aventar la certeza de que aquella chica extranjera que apenas si conocía la ciudad, en su candidez, había escapado de una mafia para entrar en otra quizá peor.

—Voy a preparar café —dijo Ivonne y, antes de perderse tras la puerta de la cocina, agregó:

—Los dejo solos así conversan tranquilos.

Sólo entonces Molina percibió que por sobre el respaldo de un sillón que estaba de espaldas a él asomaba la nuca engominada de un hombre. Tuvo el impulso de acercarse y dar la vuelta, pero ni bien dio el primer paso, una voz proveniente del anverso del sillón dijo:

—Está bien ahí, tome asiento en la silla que está detrás de usted.

Si no fuera por el acento criollo, Molina hubiese asegurado que el tipo era el mismo Al Capone.

—Tuve la desgracia de perder a un amigo muy querido. Fue mi único chofer. Imagínese que el primer coche en el que me llevó todavía era tirado por caballos. Tenía el sueño de ser aviador, se llamaba don Antonio. Murió la semana pasada. Perdí un amigo —repitió.

Aquella voz franca y amena le sonó extrañamente familiar a Molina.

—Créame que lo lamento —contestó con sinceridad y no supo que más decir.

—Le creo. Me gusta su voz, le creo. Hábleme de usted.

Molina titubeó unas palabras y, sin saber por qué, empezó contándole de su barrio, de La Boca, de su madre. Aquello era completamente distinto de lo que imaginaba como una entrevista de trabajo. Había algo en el modo de hablar de su interlocutor, había algo en su voz que le inspiraba confianza. Pero sobre todo, respeto. Le habló del Astillero y del majestuoso International que manejaba, le habló del Dock y de la casa en la que había nacido. Le habló del tango. Pero no se atrevió a confesarle que era cantor. Le habló del Royal Pigalle, pero no de sus anhelos más profundos. Le dijo que hasta el día anterior era luchador, pero no se animó a revelarle que esa misma noche desistió de debutar como cantante en el Armenonville.

Sin verse las caras, de pronto estaban conversando como dos viejos amigos, la voz tras el sillón, aquella voz que ya se había vuelto entrañable para Molina, le hablaba de las mismas cosas, de los mismos lugares que anidaban en su alma. De pronto, ya en confianza, le dijo:

—Mirá, pibe, lo que yo necesito, más que un chofer, es alguien que me sea leal.

Juan Molina, con la cara hundida entre las manos, con la voz quebrada por la emoción, le dijo que sí.

—Sí —le dijo—, sí, maestro. Cómo no serle leal a usted si me ha enseñado todo lo que soy —le dijo, y no hizo falta que le viera la cara para reconocer al dueño de aquella voz que resumía en una el conjunto de todas las voces nacidas bajo este cielo lejano.

Si no fuese porque el pudor y la emoción se lo impiden, Juan Molina cantaría la canción que pugna por salir del pecho, pero no puede ir más allá del nudo que le cierra la garganta:

Perdón que no pueda hablar
y se me rompa la voz
con un nudo en la garganta,
el sentir se me atraganta
al ver todo cuanto sos,

más grande que todo el mar,
más luminoso que el sol.
Este silencio te canta
y mi muda reverencia
que no parezca un quebranto,
si me tomo la licencia
de que se me escape el llanto
es porque así, llorando
es como yo te canto.
Perdón que no diga nada,
que no parezca insolencia
pero mis penas pasadas
que me han hecho sufrir tanto
se diluyen con el llanto
nacido de la emoción
y esta silente canción
quiere salir en tropel,
como el río sale 'e madre,
pueda decirte de cuánto
le diste a mi corazón;
y si he de tener un padre
su nombre es Carlos Gardel.

Entonces Gardel se puso de pie y al ver a aquella mole veinteañera llorando como un chico, le dijo:

—No será para tanto.

Sacó un manojo de llaves del bolsillo, se lo arrojó y Molina lo atajó en el aire.

—Es un bicho un poco viejo, un Graham del veinte, pero todavía anda. Y cómo —le dijo y concluyó:

—Andá revisando agua y aceite que esta noche salimos para Santa Fe.

7

No era difícil sentirse amigo de Gardel. El cariño con el que hablaba de su viejo chofer, Antonio Sumaje, hacía que Molina percibiera que su lugar frente al volante no era el de un simple empleado. Por otra parte, quiso la coincidencia que el valet que acompañara a Gardel en tantos viajes, Eduardo Marino, se enfermara gravemente; de manera que, viendo que aquel joven tímido, diligente y amable era un excelente volante y mostraba la mejor disposición, Gardel pensó que podía matar dos pájaros de un tiro. Además no era un simple detalle que el Zorzal tuviera una bala alojada cerca del corazón. Su metálica presencia se le hacía carne en los días de humedad, era un dolor punzante que a veces le dificultaba llegar a las notas más altas. Aquel balazo artero que le pegaran a quemarropa en la esquina de las tragedias había hecho de Gardel un hombre algo más cauto. El porte de luchador de Juan Molina era ciertamente capaz de intimidar a un admirador exaltado o a algún memorioso que quisiera cobrarse viejas cuentas. Gardel se sentía seguro en compañía de Juan Molina. Nunca permitía que caminara a sus espaldas, no sólo porque le resultaba una mutua humillación, sino porque, frente a la mirada pública, el Morocho tenía amigos, no guardaespaldas. Cada vez que salían con el auto, Gardel viajaba adelante, junto a Molina, nunca en el asiento trasero. A menos que quisiera dormir. Y si salía a comer con los amigos o, incluso si se trataba de acontecimientos sociales, jamás dejaba que se quedara esperando en el coche; siempre lo hacía pasar y era uno más en la mesa. Y tenía la enorme delicadeza de presentarlo, cualquiera fuese la ocasión, como "Mi amigo, Juan Molina". Pese a que Gardel se dirigía a él con la mayor naturalidad, el joven colaborador no podía articular palabra en su presencia. Jamás se había atrevido a confesarle que era cantor. Para Molina, conducir el auto de quien fuera el espejo de sus ilusiones, caminar a su lado o arreglarle el moño antes de que saliera a escena, era como tocar el cielo con las manos. Y cada vez que escuchaba el "Gracias, pibe", que le dedicaba cuando se despedían, no podía evitar la misma respuesta de siempre: "Gracias a usted, maestro". Molina se debatía en un abismo cruel, doliente: por un lado la lealtad incondicional que llegó a profesarle a Gardel y, por otro, la culpa inmensa e inevitable de amar a la mujer que le pertenecía.

Gardel nunca supo ni quiso aprender a manejar. Disfrutaba de sus permanentes reencuentros con Buenos Aires a través de la ventanilla del auto. A menudo le pedía a Molina que se desviaran del consabido camino desde el Abasto hasta el centro, le gustaba andar a la deriva, dejar librado el periplo al arbitrio de su chofer. Gardel era un buen conversador, locuaz y cauteloso. Jamás decía una palabra de más, nada que pudiese revelar un ápice de su vida privada. Pese a que Molina era quien mejor conocía sus actividades, era parte del contrato hacer de cuenta que no veía ni escuchaba nada. Jamás pronunciaba el nombre de Ivonne en las conversaciones con su chofer. Era obvio que Molina estaba al tanto de todo, de hecho fue ella quien los presentó, pero eso ni siquiera se mencionaba. Sin embargo, no era difícil percibir que Ivonne se había convertido para Gardel en un problema cada vez más irresoluble. Por una parte se resistía a dejarse arrastrar por sus sentimientos y, por otra, había dejado que aquella muchacha se instalara en su existencia de un modo, cuanto menos, avasallante.

Ivonne estaba prófuga. Había cometido la más peligrosa de las deslealtades. Gardel le había dado refugio en el bulín del Francés y, pese a que eran muy pocos los que conocían la existencia de aquel departamento oculto en medio de la ciudad, no ignoraba el riesgo que eso significaba. Por más que fuera Gardel. Con la organización Lombard no se jugaba. Por mucho menos que eso, y aun siendo Carlos Gardel, había recibido un balazo cerca del corazón.

8

Una noche como todas, después de dejar a Gardel en su casa de la calle Jean Jaurès y guardar el auto en el garaje, Juan Molina decidió caminar las cuadras que lo separaban de la pensión. Cuando dobló desde Corrientes hacia Ayacucho, en la puerta del caserón vio un tumulto que se arremolinaba en torno de un patrullero y una ambulancia estacionada en medio de la calle. Apuró el paso. Se abrió camino en medio de la multitud y pudo ver que en ese momento sacaban una camilla con un cuerpo tapado de pies a cabeza. La manta blanca que lo cubría estaba empapada en sangre. Entró en la pensión; en el sillón del hall, envuelta en un batón rosado, estaba sentada la gallega. Tenía los pies en alto, apoyados sobre un taburete, y sostenía contra su ojo derecho una bolsa repleta de hielo. Molina buscó una explicación en la cara perpleja de los inquilinos. Hizo un repaso sumario de todos y, de inmediato, notó la ausencia de su compañero de cuarto. En efecto, una voz entre el gentío se lo confirmó:

—Zaldívar —fue el nombre que empezó a repetirse de boca en boca.

Avanzó por el estrecho pasillo hasta su cuarto y, cuando abrió la puerta, se encontró con un panorama de pesadilla. La cama de Zaldívar parecía el mármol de una carnicería. Las paredes estaban salpicadas de sangre y las sábanas teñidas de rojo. Sus pocas pertenencias quedaron diseminadas por todas partes, y los trajes y las camisas hechos jirones. Levantó el pequeño portarretrato que yacía en el suelo y vio la mirada de su madre a través del vidrio roto. La guitarra era ahora un manojo de maderas unidas apenas por las cuerdas. Una náusea lo sacudió. Tuvo que salir al patio a tomar aire. En ese mismo momento se topó con la gallega, que parecía estar esperándolo. Apretando la bolsa de hielo sobre su ceja derecha, le dijo terminante:

—Esta misma noche se va.

Molina pudo ver que la mujer estaba más golpeada de lo que le pareció en el primer momento. Desde la comisura de los labios pendían hilos de sangre seca y tenía el pómulo izquierdo hecho una pelota.

—Agarre lo que le hayan dejado sano y esta misma noche se va —repitió.

Sin que Molina alcanzara a preguntarle nada, la gallega le explicó que lo de Zaldívar había sido un error.

—Vinieron a buscarlo a usted —le dijo.

Entonces, indignada, le explicó que dos tipos habían irrumpido en la pensión, le pusieron un revólver en la garganta y mientras le preguntaban por él, cuando les dijo que todavía no había llegado, la molieron a culatazos. Ante la insistencia de los golpes y las preguntas, les señaló el cuarto, la dejaron tirada debajo del mostrador y ahí, acurrucada en el piso, pudo escuchar los disparos.

—Ahora mismo agarra sus cosas y se va.

Molina corrió hasta la habitación, sacó la foto del marco hecho añicos, la guardó en un bolsillo, salió del cuarto y, sin saber cómo disculparse con la gallega, volvió a abrirse paso entre la gente y se escurrió de la pensión como un prófugo.

Otra vez no tenía adónde ir.

Caminó hasta la plaza del Congreso y, sentado en un banco frente a la fuente, encendió un cigarrillo e intentó encontrar alguna explicación. Todavía estaba mareado.

De pronto lo asaltó el pánico. Si existía alguna razón para que quisieran matarlo a él, sobraban motivos para que la mataran a Ivonne. Entonces todo empezó a cobrar sentido. Saltó del banco como impulsado por un resorte y corrió. Corría por Avenida de Mayo temiendo lo peor. Y mientras corría, podía pensar con desesperante claridad. Ivonne se había fugado de la protección de la organización Lombard. Y no era una puta cualquiera; ninguna, en toda la historia del Pigalle, les había dejado la fortuna que, cada noche, depositaba ella sobre el escritorio de André Seguin. Molina corría dando unas zancadas largas como si a cada paso quisiera, no ya ganar tiempo, sino impedir que siguiera transcurriendo, volverlo atrás, cambiar el sentido de la rotación del planeta. Y a la vez que corría, intentaba reconstruir los hechos. A la desaparición de Ivonne le había seguido su propia e inexplicable renuncia, justo el día antes de su anhelado debut en el Armenonville. Por otra parte, André Seguin había percibido que algo sucedía entre ellos, los veía bailar el tango noche tras noche, los había visto conversar en la mesa más recóndita del salón. Molina corría, ahora por Suipacha, transpirando gotas de terror y pensando. Para André Seguin estaba todo claro, no podían caber dudas, Ivonne y Molina habían escapado juntos. Y si una traición era imperdonable, dos traiciones eran demasiado. Por eso lo fueron a buscar. Por eso quisieron matarlo. Sabía que nunca iba poder perdonarse la muerte de Zaldívar. Corrió por Corrientes hasta que, por fin, vio el cartel iluminado de Glostora. Detuvo su carrera frente a la puerta del edificio del bulín del Francés y pegó su índice tembloroso sobre el timbre del segundo piso. Nadie contestaba. Pulsó el botón con una resolución tal, que se diría que iba a atravesar la pared con la yema del dedo.

Pero nadie respondía.

9

Estaba dispuesto a derribar el portón con el hombro cuando, al otro lado del vidrio, pudo ver la figura adormilada de Ivonne saliendo del ascensor. Recién entonces Molina recuperó el aire perdido. Medio dormida y con el pelo desordenado, la vio más hermosa que nunca. Mientras se acercaba, envuelta en una bata japonesa que destacaba su estatura contrastante con aquella cara de niña, Molina elevó la vista al cielo y agradeció. Al verlo pálido, empapado en sudor y jadeante, Ivonne terminó de despabilarse y apuró el paso con visible preocupación. Con las manos temblorosas, tardó en encontrar la llave, hasta que por fin abrió la puerta. Lo hizo pasar y, sin preguntarle nada, lo abrazó. Luchando contra su propia voluntad de apretarla contra su pecho y no separarse nunca más, Molina la tomó suavemente por las muñecas y la alejó. Aquella mujer tenía un dueño y antes que nada estaba la lealtad. Así no las hubiese pronunciado nunca, las palabras de Gardel eran un mandato que resonaba en sus oídos cada vez que veía a Ivonne: "lo que yo necesito, más que un chofer, es alguien que me sea leal."

Iluminados por el fulgor rojo e intermitente del cartel de Glostora, Ivonne y Molina permanecen en silencio sentados en el amplio sofá que está delante de la ventana. Ella lo contempla a través del vaso de whisky que sostiene delante de sus ojos. Él fuma haciendo figuras con la brasa del cigarrillo, dibujos en el aire que aparecen y desaparecen conforme se prende y se apaga el neón del cartel. Y así, iluminados por ese fulgor rojo e insistente, ensombrecidos por la melancolía y un dejo de derrota, cantan a dúo:

Somos dos almas en pena
prófugas en la ciudad indolente,
dos almas hermanas
desengañadas del mundo y la gente.
Solos entre el ruido,
solos en las luces
de calle Corrientes.
Zorzales sin nido
cargamos las cruces,
las propias y ajenas
como lo que somos:
dos almas en pena.

No digamos nada, cantemos,
como en los tugurios y en los cafetines
cantando sus cuitas y sus berretines
murmuran los curdas
las tragedias burdas
que teje el destino;
no digamos nada
perdimos el rumbo,
no se ve el camino,
quizá sea esta noche la última cena.
Por eso cantemos
como lo que somos:
dos almas en pena.

Cuando terminan de cantar, con la misma resignación y los ojos deformados tras la convexidad del vaso, Ivonne pregunta:

—¿Qué vamos a hacer?

—¿Qué voy a hacer, querrás decir? —corrige Molina.

Ivonne se siente, de algún modo, culpable. Pero quizá no del modo en el que debería.

—Yo te metí en esto. No te voy a dejar solo ahora.

Molina niega con la cabeza. Cómo decirle que la había seguido como un perro, cómo confesarle que estaba completamente enamorado, que en realidad lo único que lo llevó a renunciar a su debut en el Armenonville no era otra cosa que su proximidad; sentir, aunque más no fuera, su perfume cercano.

Ivonne no era feliz con Gardel. Pero había aprendido a resignarse. La resignación era la historia de su vida. Tampoco quería su compasión. Y no podía evitar la sospecha de que lo que había llevado a Gardel a darle refugio en aquel bulín de nadie, era una suerte de lástima, mezclada con cierto código de hombría. Pero ella sabía que no podía quedarse ahí por tiempo indefinido. Ivonne bebió un sorbo de whisky y con la mayor serenidad, siempre hablándole al vaso que sostenía frente a su cara, dijo que acababa de tomar una resolución:

—Mañana vuelvo al Pigalle. Así no puedo vivir —hizo un silencio y concluyó:

—No quiero que nos maten. No quiero que te maten. Mañana vuelvo al Royal Pigalle y aclaro todo.

Molina le hizo ver que no había vuelta atrás, que ya era un hecho consumado, que habían matado a un hombre. Y no se iban a quedar con el cadáver equivocado.

—Si volvés, lo más probable es que te maten en el Pigalle.

Molina estuvo a punto de pedirle que huyeran juntos, que se fueran a la otra orilla del Plata o al otro lado del océano si era necesario. Y tal vez era lo más sensato. Pero una cosa era traicionar a André Seguin y otra a Carlos Gardel.

—Yo me voy a arreglar —dijo Juan Molina—, no te preocupes por mí.

Ivonne sonrió.

—Al que estuvieron a punto de matar fue a vos.

Lo único cierto es que no estaban en condiciones de pensar. Molina descolgó el abrigo del perchero y cuando se disponía a salir, Ivonne lo tomó del brazo.

—Vos no te vas a ninguna parte —le dijo sin soltarlo.

—Acá no puedo quedarme... —balbuceó.

Ivonne se lo quedó mirando con una sonrisa, como interrogándolo.

—¿Por qué, por mí o por él? —le preguntó muy cerca del oído.

Ivonne lo atrajo hacia ella y lo abrazó. Buscó su boca y a un milímetro de sus labios le susurró:

—Si es por mí, no te preocupes, lo que sobra son camas. Podés acostarte en la que más te guste —le dijo apretándole el muslo entre los suyos—. Si es por él, quedate tranquilo, no voy a decirle una palabra si no querés.

Molina volvió a separarla, colgó otra vez el saco en el perchero, acercó sus labios a la mejilla de Ivonne y le dio un beso suave y fraternal. Caminó hacia uno de los cuartos y, antes de cerrar la puerta, sin mirarla a los ojos, le dijo:

—Que descanses. Descansemos, que nos hace falta.

10

Gardel jamás quiso saber qué relación unía a Ivonne con Molina. Pero el término con el que ella lo nombraba, "un amigo", le resultaba suficiente para no indagar más. Y si el amigo Molina estaba en problemas había que darle una mano. Por otra parte, su chofer había dado suficientes muestras de lealtad y Gardel había llegado a tomarle un aprecio sincero. De manera que cuando supo la magnitud del problema que afrontaba Molina, Gardel no titubeó:

—Te quedás acá, pibe.

No quiso escuchar razones ni argumentos en contrario. Por mucho que Molina le insistiera en que se negaba a comprometerlo, a que asumiera semejante riesgo, Gardel fue terminante:

—No se habla más.

Juan Molina bajó la cabeza. No encontraba las palabras para manifestar tanta gratitud. Viendo que su chofer no había podido rescatar de la pensión más que lo que llevaba puesto, Gardel metió la mano en el bolsillo interior del saco y extrajo de la billetera un puñado de billetes.

—Comprate unas pilchas, un traje, camisas y zapatos —le dijo a la vez que le extendía el sueldo por adelantado.

Molina negó con la cabeza. Entonces, metiéndole de prepo los billetes en el bolsillo, le hizo ver que el chofer de Gardel no podía andar hecho una piltrafa. Luego se calzó el chambergo y, antes de salir, de pie bajo el vano de la puerta, le dijo:

—Esta noche, a las nueve, me pasás a buscar por casa.

Cerró la puerta y, otra vez, Ivonne y Molina se quedaron solos.

Eran dos prófugos en medio de la ciudad. Dos almas en pena ciertamente tocadas por la desdicha, dos fugitivos ocultos en el bullicio de la calle Corrientes. Ivonne había huido de su dorada celda de puta francesa, Juan Molina la había seguido igual que un perro perdido o, tal vez, como un lazarillo tan ciego como su amo. Ivonne ni siquiera salía a la calle. No por temor, sino por pura apatía. Apenas si comía. Se desayunaba con una extensa línea de cocaína y, a lo largo del día, alternaba whisky con una treintena de cigarrillos. Molina no toleraba el encierro. Mirando por el rabillo del ojo a izquierda y derecha, ocultando la cara entre las solapas del saco y el sombrero, se alejaba rápidamente de la calle Corrientes y se perdía por las estrechas veredas de San Telmo. Sin poder despojarse del horroroso recuerdo de su compañero de cuarto, Juan Molina deambulaba por la ciudad como si fuese su propio fantasma. Acosado por el remordimiento, tenía la íntima convicción de que estaba usurpando el lugar de Zaldívar en este mundo. Ya fuera producto de la falta de conciencia o, al contrario, del enorme peso que cargaba sobre ella, Molina entraba y salía de su refugio como si los hombres de André Seguin no lo estuviesen buscando. El bulín del Francés estaba separado del Royal Pigalle apenas por unas pocas cuadras. Tal vez por esa misma razón, por tenerlo justamente enfrente de sus narices, nunca lo vieron. Como si se estuviese burlando de sus cazadores, Molina jamás dejó de llevar a Gardel al Royal Pigalle; apenas oculto debajo de la visera de la gorra de chofer y detrás de un bigote que le agregaba unos años, Molina frenaba frente al cabaret con la mayor naturalidad. Nadie hubiese imaginado que el prófugo podía ser el chofer de Gardel y, mucho menos, que tuviese el tupé de llegar hasta la misma boca del lobo dos veces por semana.

Cerca de la madrugada, después de guardar el auto, Molina volvía a su refugio llevando algo de comida que Ivonne apenas si probaba.

Las visitas de Gardel al bulín del Francés son ahora cada vez más espaciadas. Y cuanto más tiempo pasa, tanto más hondo es el pozo de desconsuelo en el que se sumerge Ivonne.

—Un día de estos me van a matar —dice mirando el fondo del vaso de whisky.

De nada sirve que Molina intente disuadirla.

—Un día me van matar —insiste Ivonne, hablando como para sí y, mientras se aferra a las manos de su amigo, como si estuviese suplicándole algo que él no llega a entender, le canta:

Quién te dice, un día de estos
me encontrés por fin dormida
y al fin atorrando en paz;
no te ocupés de mis restos
y dejame que te pida
que no me recuerdes más.
No quiero flores ni llantos
ni lágrimas de tragedia
ni ruegos para mi santo,
algún día esta comedia

se tiene que terminar.
Arriba el gran tramoyista
quizá me dé el paraíso
después que aquí, en este piso,
tanto me la hizo yugar.
Sabés que igual ya estoy lista,
vestida y bien arreglada
para salir a la pista
cuando quiera cabecear
el que pasa la guadaña,
ese que sin decir nada
viene y te saca a bailar;
un tango malevo la herida restaña
y sin rencores, sin saña
te lleva pa' el otro lao.
Yo sé que ya no hay salida
cada cual vive su vida,
cada quien muere su muerte,
no me quejo de mi suerte,
a nadie voy a culpar.
Si un día me ves dormida
no me tengás compasión,
susúrrame una canción,
un tango sentimental
que me haga atorrar en paz.

Cuando Ivonne termina de cantar, el chofer de Gardel baja la mirada y dibuja una sonrisa forzada para esconder un gesto amargo. Juan Molina se ha convertido, exactamente, en lo que no quiere ser: el confesor de Ivonne.

—Sos muy lindo —le dice, como si se tratara de un niño, pasándole un dedo por el hoyuelo que se le marca al costado de la boca cuando sonríe. En estas ocasiones

Molina vuelve a recuperar las esperanzas de ser otra cosa, no sabe qué, pero no un amigo. Varias veces ha estado a punto de confesarle todo lo que alberga su corazón. Pero como si lo intuyera, cariñosamente, Ivonne lo rechaza diciéndole por anticipado:

—Sos como un hermano para mí —le susurra y entonces, convirtiéndolo de pronto en su involuntario confidente, le cuenta sus pesares.

Molina hace esfuerzos ingentes para no escuchar. Cada palabra de Ivonne es un puñal que se le hunde en el corazón. Le cuenta, con exceso de detalle, cuánto ama a Gardel. Con una minuciosidad innecesaria, le confiesa que ya nunca va a poder querer a otro.

—¿Me entendés? —le pregunta Ivonne a Molina.

Y Molina tiene que morderse los labios para no hablar, para no confesar su secreto, para no abrir su corazón y cantar con toda la voz:

Cómo no voy a saber cuánto te duele el puñal
si esa herida, ese abismo,
que te separa y te une
de las alas del Zorzal
es exactamente el mismo
que el que me ha hecho tanto mal.
No es que hoy me desayune
de lo mucho que te quiero
pero cuanto más y más te escucho
chamuyando de tus cuitas
se me taladra el balero,
me consumo como el pucho
aplastau al cenicero;
igual que la Santa Rita
que se enamora del muro
sabiendo que del cemento

nada se puede esperar,
hoy tus palabras me quitan
ese sentimiento puro
y al escuchar tus lamentos
tengo miedo 'e confesar
todo lo que guarda mi alma:
amor, rencor y esperanza,
poca arena y mucha cal...
cómo no voy a saber cuánto te duele el puñal.

Cómo no iba a entenderla. Si era exactamente lo que le sucedía a él. Hubiera podido adelantarse a cada palabra, llenar los puntos suspensivos de cada frase que dejaba inconclusa. Tenía que coserse la boca para no hablar, temía delatarse con un gesto, con un asentimiento apresurado. Se preguntaba en silencio por qué todo tenía que ser tan injusto. Ivonne estaba tan enamorada de Gardel como Molina de Ivonne. Pero a diferencia de ella, él no tenía a quién confesarle sus cuitas. Si al menos tuviese ese consuelo, aquel desahogo efímero que otorga la confesión, tal vez otra sería la historia.

11

Gardel no era el único visitante que solía llegar al "pisito". Un reducido grupo, el círculo de amigos más allegados al Zorzal, aquel que constituía la barra del Café de los Angelitos, tenía la llave del departamento. Alfredo de Ferrari, los hermanos Ernesto y Gabriel Laurent, Armando Defino, Luis Ángel Firpo, de tanto en tanto, podían llegar en compañía de una "conocida", o bien en grupo para hacer rodar los dados sobre la pana verde de la mesa. Nadie hacía preguntas. Si había algún "inquilino" en el departamento, algún amigo de un amigo en problemas, se limitaban a saludar sin hacer el menor comentario. En esas ocasiones Ivonne se encerraba en uno de los cuartos, Molina se ponía el abrigo y salía a la calle. No existía la indiscreción. Pero estas visitas eran esporádicas. La mayor parte del tiempo Ivonne y Molina estaban solos.

Gardel llegaba cada vez con menos frecuencia a aquel departamento de la calle Corrientes. El viejo ritual de la cita a las cuatro de la tarde era para Ivonne un lejano recuerdo. Ahora no tenía un día ni una hora establecidos. A veces prefería caminar prescindiendo de los servicios de su chofer. En cualquier momento y de forma imprevista tocaba la puerta con dos golpes cautelosos y luego abría con sus propias llaves. A veces llegaba sonriente y de buen humor. En esas ocasiones venía apretando un ramo de rosas o de crisantemos. Entonces los ojos de Ivonne se iluminaban. Los de Molina se ensombrecían, tomaba su abrigo y salía a la calle. Lo que sucedía en el departamento podía inferirse por los vestigios. Pero también podía suceder que Gardel llegara de mal talante y con las manos vacías. Descorchaba un Cliquot sin ánimo festivo, encendía un cigarrillo y se sumergía en un mutismo indiferente. Entonces los ojos de Ivonne se llenaban de sombras y los de Molina se iluminaban hasta que descolgaba el abrigo del perchero y, cuando estaba por salir, Gardel le decía a su chofer:

—Yo también salgo.

Y se iba de la misma intempestiva forma en que había llegado. Nunca se quedaba a pasar la noche.

Las cosas entre Gardel e Ivonne no estaban bien. Si al principio, cuando se conocieron, el cantor tenía que luchar contra sus propios arrebatos, ahora, aquella lucha íntima parecía haber llegado a su fin. Ivonne no tardó en comprender que se había convertido en un trastorno. Pero lo cierto era que no tenía adónde ir, ni estaba en condiciones, siquiera, de salir a la calle. Todo lo que le quedaba era la amistad incondicional de Juan Molina. Y la dolorosa piedad de Gardel.

Molina, por su parte, estaba en un callejón sin salida. Era cierto que ser el chofer de Carlos Gardel era como tocar el cielo con las manos. Pero también veía cómo sus ilusiones de cantor se iban evaporando a medida que pasaba el tiempo. Había estado a un paso de la gloria. Cuántas veces, al pasar con el camión por la puerta del Armenonville, había soñado con cantar en aquel Olimpo del tango. Y cuando el destino le regaló la oportunidad, la rechazó por una quimera. No estaba arrepentido, era capaz de hacer cualquier cosa por Ivonne y, de hecho, eso estaba haciendo. Primero fue su amigo, luego su confesor y ahora se había convertido en su enfermero. En incontables oportunidades ella le imploró de rodillas, rebajándose a las promesas más humillantes, que fuera a buscarle un poco más de cocaína. Le juraba que aquella sí habría de ser la última vez, que después podía pedirle lo que quisiera. Pero el amor no era algo que se pudiera obtener a cambio de nada. Cuántas veces había tenido que salir a las cuatro de la mañana a recorrer las cuevas de "Alaska", en los alrededores de Corrientes y Esmeralda, para conseguir, al precio que fuera, un puñado de aquella nieve que le endureciera el corazón hasta congelarlo. Entonces ella inhalaba hasta el fondo, hasta el último rincón del alma, y sus ojos azules se llenaban de un brillo malicioso, frío. Así, con un calor hecho de hielo, con una suavidad simulada tras la roca en la que se tallaba su rictus, le decía:

—Pedime lo que quieras.

Molina bajaba la mirada y permanecía en silencio.

Solamente él sabe cuánto desea esa boca, aquellos pezones que se marcan bajo la blusa de seda. Nadie más que él sabe lo que daría por ser el dueño de aquellas piernas delgadas e interminables que asoman por debajo de la camisa japonesa —la usaba sin falda—, la que le había regalado Gardel hacía ya mucho tiempo. Entonces Molina se aleja y, asomado a la ventana para que el aire fresco lo disuada de sus viriles impulsos, canta:

Las manos tengo que atarme
y coserme bien la boca;
yo sé que a mí no me toca
lo que no quisiste darme
porque ya tenés un dueño,
y no voy a traicionar

a ese que te quita el sueño
y a mí me da dignidad.

No me pidás que le falle
al que fue más que mi viejo,
aquel que me ofreció el techo
cuando me quedé en la calle;
vos sabés que no me quejo
por esta herida en el pecho,
y aunque el corazón me estalle
no lo voy a traicionar.

Prefiero quedárme mosca
y oficiar de consejero,
ser ese amigo sincero
que sea el que más te conozca,
que a cambio de una mirada
te escuche sin pedir nada.

Vos sabés que me aquerencio
como pingo de carrero,
que aunque no aguante la carga,
que es tan dura y tan amarga
sigue tirando en silencio…
tirando por no aflojar.

Como un eunuco de sus propios deseos, Molina se juramenta no tocarla. No así. No a cambio de favores. Agacha la cabeza y tiene que sellar su boca para no decirle a Ivonne cuánto la quiere.

Ninguna

Esta puerta se abrió para tu paso,
este piano tembló con tu canción,
esta mesa, este espejo y estos cuadros
guardan ecos del eco de tu voz.
Es tan triste vivir entre recuerdos...
Cansa tanto escuchar ese rumor
de la lluvia sutil que llora el tiempo
sobre aquello que quiso el corazón.

Homero Manzi

Cuatro

Y ahora que por fin la tiene entre sus brazos, aprieta su cintura diminuta reclinando su mejilla sobre el escote desabrochado. La ha encontrado recostada sobre la alfombra purpúrea, los brazos extendidos como si estuviese esperándolo, la boca entreabierta, ofreciéndose. Juan Molina la besa. En la vitrola suena "El día que me quieras". Tantas veces ha imaginado ese momento, tantas veces la ha visto en brazos de otros, y ahora que se le entrega sin resistencia y, al fin, liberada de ataduras, Molina no puede evitar un llanto ahogado. Tiene la ilusa esperanza de encontrar un rescoldo de vida; se aferra a su cuerpo como si quisiera retener el último aliento. Pero al abrir la puerta, ni bien la vio tendida sobre la alfombra, supo que estaba muerta. Corrió a su lado, se quitó el sombrero, hizo la señal de la cruz y la abrazó. Tenía la misma palidez de siempre, el rouge bordó se confundía con el color de los labios mórbidos. Tal vez por su gesto sereno, quizá por el valor que cobran los anhelos perdidos, la vio más hermosa que nunca. Los ojos azules miraban hacia el ventanal abierto de par en par. Una brisa fresca que anuncia lluvia mece los cortinados. Desde la calle entra la luz intermitente del cartel de neón de Glostora. Por un momento cree ver una mueca repentina, pero son las refulgencias irregulares que, al iluminar la cara de Ivonne, crean la cruel ilusión. Junto a ella descubre el cuchillo asesino. Molina no está en condiciones de pensar. Llora con un desconsuelo infantil. Sentado junto al cadáver, intenta hacer memoria. No recuerda haberse cruzado con nadie en el pasillo ni en el ascensor. Acaricia el pelo rojo de Ivonne e intenta pronunciar su nombre. Pero no puede. Sólo él y nadie más que él sabe cuánto la quiere. Daría su propia vida por volver a escuchar su voz grave, sus frases cáusticas hechas de justo rencor y cautelosa perfidia. Siente remordimiento; se arrepiente de no haberle confesado todo lo que guardaba en su corazón. Juan Molina se asoma al ventanal y, mirando hacia el cielo palidecido por las luces del centro, con una mezcla de indignación y desconsuelo, canta:

Decime Dios que no es cierto,
decime que estoy soñando
la más atroz pesadilla;
quisiera caerme muerto
si no estoy alucinando.
Decime Dios con qué arcilla
construiste mi destino,
por qué causa misteriosa
me quitaste en un segundo
con un puntazo asesino
del rosal la única rosa
que pa' mí había en el mundo.
Decí Dios cómo se hace
pa' poder seguir viviendo
con este dolor del alma
que de las entrañas nace,
de dónde sacar la calma,
cómo tener el consuelo
que devuelva la razón
o que nunca más la tenga;
ya sé, no merezco el cielo
y me dice el corazón

que arriba ya no he de verla,
que ni aunque apriete el gatillo
para rajarme con ella
tan esquiva me es la suerte
que en alto conventillo
ha de tocarme otra estrella;
no habrá consuelo en la muerte
que es eterna y sin salida
no habrá consuelo en la vida
que es cruel desde que se nace
hasta el día más tremendo.
Decime Dios cómo se hace
pa' poder seguir viviendo.

Mira en derredor; de pronto aquel departamento ajeno que le ha dado cobijo durante las últimas semanas le resulta por completo extraño. De hecho, con el tiempo, ha llegado a odiarlo. Aquellas paredes empapeladas con flores claras, ese aire viciado de clandestinidad le producen una claustrofobia que le cierra la garganta. La única razón que le hacía soportar el encierro era la compañía de Ivonne.

—Un día me van a matar —le había dicho Ivonne, con una sonrisa que ocultaba quién sabía qué. Molina había intentado disuadirla. Y aun sabiéndolo, jamás quiso convencerse de que era aquélla una posibilidad cierta.

—Un día me van a matar —decía Ivonne, contemplando el vaso de whisky con una sonrisa resignada. Pero Molina no había querido prestarle atención.

Ciertamente era difícil descifrar el espíritu de Ivonne, saber qué había más allá de su piel blanca como la porcelana, qué se ocultaba detrás de aquellos ojos azules, hechos de una alegría dudosa que se tornaba en duelo con el suceder del champán. Y ahora, viendo las incontables cuchilladas que le abrían el pecho, el cuello, el vientre, a Molina se le antojó que la saña inexplicable tenía el propósito de conocer qué secretos ocultaba su corazón. Se veía como una muñeca a la que un niño hubiese abierto para descubrir, desilusionado, su esencia de estopa. Qué sentimientos albergaba su alma. Era esta una pregunta que Molina no hubiese podido contestar siendo, quizá, quien mejor la conocía.

—Un día me van matar —decía Ivonne con tono burlón, sabiendo, tal vez, que estaba escribiendo su propio destino.

Meciéndose como un chico, la cabeza entre las rodillas, los brazos enlazados sobre sus propias piernas, Juan Molina se refugió en la memoria con el solo propósito de revivirla en el recuerdo. Y así se quedó, junto al cadáver de la mujer que amaba.

2

Desmoronado sobre el sofá del salón, Molina detuvo el derrotero de sus ojos sobre el cuchillo que descansaba de su macabra tarea paralelo al cuerpo de Ivonne. Era un cuchillo pequeño, de hoja corta y mango de madera. El rojo de la alfombra y el de las cortinas, el rojo de la camisa japonesa y el rojo del tapizado de los sillones, sumado al rojo titilante que entraba por el ventanal, irradiado por el cartel de neón, disimulaban la sangre desparramada por todo el cuarto. Tal vez por ese motivo, el cantor no había notado al entrar el horrendo reguero que había salpicado todo. Miró sus manos y su ropa, y descubrió que en el interminable adiós del abrazo se había manchado íntegro. De pronto pensó que si en ese mismo momento entraba alguien, hecho probable por otra parte, la primera impresión que habría de formarse no dejaría lugar a dudas: la mujer muerta sobre la alfombra, el arma displicentemente tirada junto al cuerpo y un hombre empapado en sangre. Sin embargo, se deshizo rápidamente de aquella ocurrencia. No le importaba. El mundo acababa de desmoronarse, no había un después ni un mañana. No albergaba otro sentimiento más que el dolor. Iba a llamar a la policía. Pero no ahora. Ya habría tiempo para ocuparse de todo lo demás. No era el momento para pensar en los trámites. Él mismo habría de disponer los medios para que tuviera cristiana sepultura. Pero ahora quería rendirle aquel íntimo homenaje en soledad. Afuera había empezado a llover. Volvió a hacer un recorrido sumario en torno al salón, buscando los indicios del día que estaba llegando a su fin, como si quisiera reconstruir las últimas horas de Ivonne; con quién había estado, qué había hecho. Entonces, casi por casualidad, sobre la mesa rinconera que estaba detrás de él, vio un objeto que le era familiar: un Ronson dorado, en cuya superficie se leían las iniciales de su dueño: C.G; el mismo encendedor con el que tantas veces lo había visto jugar, haciéndolo girar entre sus dedos. El mismo Ronson de oro que solía dejarse olvidado y que tantas veces él, Molina, había rescatado de la mesa de algún restaurante cuando Gardel llevaba puesta alguna copa de más. Como para confirmar la secuencia, sobre la mesa ratona había una copa vacía junto a una botella de Cliquot, el único champán que tomaba Gardel, y que él mismo se ocupaba de que no faltara en aquel departamento. Desvió la mirada. No quiso seguir pensando. Escuchaba cómo las gotas de lluvia chocaban y se evaporaban al contacto con el neón del cartel. Si Molina hubiese estado en condiciones de hacer conjeturas, no le habría sido difícil deducir que Gardel había estado en la casa. Y, probablemente, quiso evitar que alguien se enterara de su visita. De hecho, cuando Gardel decidía llegarse hasta el departamento, si el propósito era encontrarse a solas con Ivonne, antes llamaba por teléfono para asegurarse de que no estuviera ninguno de sus amigos; algunas veces le pedía a Molina que lo pasara a buscar con el auto y lo llevase hasta el pisito de la calle Corrientes. En esas ocasiones se disculpaba con Molina, rogándole que lo esperara afuera para que pudiera estar a solas con Ivonne. Por lo general se quedaba un par de horas, bajaba con una inocultable pesadumbre, entraba rápidamente en el auto y, finalmente, le decía a Molina que lo llevara de vuelta a su casa. Durante los últimos tiempos Gardel no podía disimular cierto disgusto. Viajaban en silencio. Fumaba sin pronunciar palabra. Una sola vez, visiblemente irritado —cosa realmente infrecuente—, cerró violentamente la puerta del coche y, como para sí, musitó:

—Esta mina me va a volver loco.

Luego de estas visitas furtivas, cuando Molina volvía al departamento, encontraba a Ivonne llorando sin consuelo.

También podía suceder que Gardel fuera al bulín del Francés a encontrarse con sus amigos. Y era entonces que Ivonne se encerraba en el cuarto. Por lo general se quedaban hasta la madrugada jugando a las cartas o a los dados. Solían apostar fuerte y, aunque lo disimulaba, a Gardel no le gustaba perder. Tal vez el juego era el punto más débil del Zorzal. Parte de la fortuna que había ganado en París y Nueva York la había perdido en el hipódromo de Palermo. Muchas veces se había prometido no volver a pisar los circuitos del turf. Durante esos breves períodos, suplía la pasión por los caballos con el consuelo del póquer o del cubilete. Sea por la razón que fuere, cada vez que iba al departamento, siempre llamaba antes a Molina para que lo pasara a buscar y lo llevara. El encendedor y la botella de Cliquot eran una prueba irrefutable de que Gardel había estado en el bulín. Pero por alguna razón no había llamado a Molina.

3

Juan Molina nunca pudo precisar el tiempo que había pasado desde que se quedó profundamente dormido, abrazado al cuerpo de Ivonne, hasta que despertó en un cubo de dos metros de lado, maloliente y húmedo. Levantó la vista y vio un ventanuco enrejado desde cuya negrura entraba un viento helado. Trató de incorporarse pero, como si le hubiesen amputado las piernas, se desplomó como un peso muerto. Movió los pies rotando los talones, intentando restablecer la circulación, y descubrió que los zapatos estaban despojados de sus cordones. Tampoco llevaba puesto el cinturón ni la corbata. Un dolor intenso le hacía latir el arco superciliar, el ojo y el pómulo izquierdos. Se tomó la cara con las manos y, cuando se miró las palmas, pudo comprobar que tenía sangre a medio coagular. Respiró profundamente y entonces sintió como si le hundieran una vara de hierro entre las costillas. Se levantó la camisa y vio un rosario de hematomas que le surcaba el tórax y el vientre. Unos aguijones punzantes le recorrieron las piernas, hasta que, poco a poco, empezó a recuperar la sensibilidad. Con dificultad, consiguió ponerse de pie; se asomó a la pequeña ventana horizontal, pero todo lo que vio al otro lado fue la pared de ladrillo desnudo de un pasillo en penumbras. La puerta del cubículo era una plancha de metal remachado en cuyo centro había una abertura del tamaño de la boca de un buzón. Se agachó y cuando miró por aquella rendija, descubrió unos ojos negros que lo estaban escudriñando.

—¿Durmió bien el señor? —dijo una voz tras la puerta.

Molina intentó hacer memoria. Pero el último acontecimiento que recordaba era el íntimo velatorio de Ivonne. Tenía sed. Una pasta viscosa, casi sólida, hecha de saliva y sangre, le resecaba el paladar y la lengua. Tuvo el impulso de escupir, pero era tanta la sed, que se tragó aquella suerte de argamasa acre como si fuese agua de manantial.

—¿El señor desea beber algo? —dijo una boca que se movía tras el resquicio de la puerta, allí donde antes estaban los ojos.

Juan Molina asintió con la cabeza sin entender del todo. Lo único que había comprendido claramente era la palabra beber. Escuchó un tintineo de llaves y luego el estruendo de un pasador golpeando contra el tope. La puerta chirrió sobre las bisagras y se abrió dejando ver la obesa figura de un policía. Antes de que pudiera articular palabra, Molina sintió que lo tomaban de los pelos y lo arrastraban por un pasillo. Estuvo a punto de desvanecerse nuevamente, cuando de pronto lo arrojaron sobre una silla. Ni bien apoyó su doliente columna contra el respaldo, tuvo la impresión de estar apoltronado en un mullido sofá. No quiso cerrar los párpados cuando, frente a sus ojos, encendieron una lámpara; fue como si un sol de mediodía le devolviera el calor que había perdido en la celda. Pero el descanso dura poco: un puñetazo en el mismo ojo que tiene lastimado lo sustrae de su breve placidez. Cree distinguir la silueta de tres personas tras el foco. Cree entender que lo están interrogando. Cree ver que, entre pregunta y pregunta, pasan una jarra con agua muy cerca de su boca. Pero estas no son más que percepciones inciertas y difusas. Uno de los policías, a quien reconoce como tal cuando lo tiene a pocos centímetros de la cara, le acerca el bigote al oído y le canta con un falsete burlón:

Ahora sí vas a cantar
como tanto lo buscaste,
andá templando el garguero
o de este sucio agujero
nunca más vas a olivar.
Que la voz no se te empaste,
hoy te espera una ovación,
este no será el Colón
pero sabrás disculpar...

Cuando termina de entonar las primeras estrofas, el policía de bigotes descarga sobre el párpado de Molina un golpe de cachiporra brutal y, hecho esto, se aleja un paso para dejar el lugar a su compañero:

El público espera ansioso
tu tanguera confesión,
mejor no te hagás rogar
o en este mugriento pozo
vas a quedarte a torrar.
Prepará la partitura,
imaginate una orquesta
que hoy me quiero deleitar,
mirá que es cruel la tortura
en esta sala que apesta
si te negás a cantar.

Ambos policías hacen un breve silencio, le acercan la lámpara un poco más y, viendo que el interrogado se niega a hablar, mientras uno le aprieta la garganta cortándole la respiración, el otro le retuerce los testículos, a la vez que cantan a dúo:

> *Sabé que en este escenario*
> *ha pasado cada artista*
> *que no ha querido entonar*
> *y por hacerse el otario*
> *ahora se encuentra en la lista*
> *de la morgue judicial.*
> *Dale, largá la canción*
> *que este público lo exige,*
> *no nos hagas esperar*
> *y danos tu confesión*
> *porque es como te lo dije:*
> *esta vez vas a cantar.*

De haber podido hablar, Juan Molina hubiese dicho lo que sus inquisidores querían escuchar. Alguien dejó caer sobre sus labios tres gotas de agua; Molina las buscó con la lengua, temiendo que rodaran desde las comisuras y escaparan de su boca. Antes de que pudiera paladearlas, al solo contacto con la piel, habían sido absorbidas como si su boca fuese un terrón seco y resquebrajado. Y otra vez, las mismas preguntas, cuyo sentido no alcanzaba a entender. Hubiese querido que le pegaran del otro lado, en el otro ojo pero, igual que los boxeadores que buscan acrecentar la herida del contrincante, volvían a descargar los golpes en el ojo izquierdo que ya se le había cerrado por completo. Se desvanecía y, tan pronto como perdía el conocimiento, le mojaban la cara para arrancarlo del descanso que otorga el desmayo y volvían a la carga. Los dos policías, viendo que Molina no podía hablar, decidieron cambiar la táctica. Le limpiaron las heridas con una toalla húmeda, lo recostaron sobre un sillón y, finalmente, le dieron de beber. Poco a poco el universo comenzó a cobrar forma. Las caras, los objetos, el tiempo y el espacio empezaron a acomodarse. Pese a que veía con un solo ojo, Juan Molina entendió que estaba en una comisaría. Le extendieron un cigarrillo encendido; fumó con un placer hasta entonces desconocido. Pese a los tormentos, mientras sostenía con una mano el vaso con agua, no pudo evitar un sentimiento de gratitud irracional hacia aquellos mismos que lo habían molido a golpes. Sólo entonces descubrió que bajo el vano de la puerta, apoyado contra el marco, con una pierna recogida sobre la madera y el sombrero volcado hacia la frente, había un tercer hombre que presenciaba la escena. En ese mismo momento, al sentirse interrogado por la mirada tuerta de Molina, el tipo se acercó.

—Soy el doctor Barrientos —dice, al tiempo que le tiende la mano—, ¿tiene un abogado? —le pregunta con desidia, como si ya conociera la respuesta.

Molina se limita a negar con la cabeza.

—Ahora lo tiene, soy su defensor de oficio —le dice y, mientras abre un portafolios, empieza a cantar:

Dejame que me presente,
yo soy el doctor Barrientos,
abogado defensor
de pobres, giles y ausentes,
quizás haya otro mejor
pero vos no tenés vento
para garpar un bufete;
no te queda alternativa
que te atienda un servidor.

Del portafolios extrae unos papeles y una lapicera que deja sobre las rodillas de Molina, mientras le explica su táctica de defensa:

Yo que vos me planto en siete
y voy tragando saliva
porque viendo el expediente
son malas las perspectivas.
Te lo bato bien de frente:
(no lo digo por ortiva)
si me pedís la opinión
o te declarás demente
o firmás la confesión.

Para convencerlo, el abogado enlaza la lapicera entre los dedos yertos de su defendido y lo insta a firmar mientras canta:

Te lo digo de una vez,
si te interesa tu suerte,
para endulzársela al juez
te cargás con esa muerte
pa' que te bajen la pena.
Es la única salida:
una liviana condena
o encanao toda la vida.

Si su abogado defensor había presenciado sin inmutarse aquel interrogatorio, Juan Molina no quiso imaginarse al que habría de ser su fiscal. De todos modos, ayudado por el firme pulso de su abogado, Juan Molina firmó la confesión que descansaba sobre sus rodillas. Hecho esto, el doctor Barrientos sonrió y palmeó las doloridas espaldas de su cliente.

4

Fue un proceso rápido. La sentencia se dictó con la premura de un juicio sumario, como si aquel hubiese sido un tribunal de guerra. Juan Molina, sentado en el banquillo de los acusados con la desidiosa compañía de su abogado defensor, siguió el proceso como si fuese un indiferente testigo y no el imputado. Imaginaba cuál iba a ser el fallo y, sin embargo, no hizo nada por revertir su situación. Era verdad que había firmado la confesión que la policía había puesto frente a sus rotas narices; pero no era menos cierto que si su abogado no le hubiese sugerido rubricarla, podría haberle hecho ver al juez de qué modo había sido obtenida aquella declaración. Al fin y al cabo, tal como constaba en actas, él mismo había llamado a la policía después de haber encontrado el cadáver. Pero lo cierto era que luego de la muerte de Ivonne a Molina le importaba poco su suerte. Jamás mencionó el nombre de Carlos Gardel; prefería pasarse el resto de su vida en la cárcel antes de complicar al Morocho en un escándalo de derivaciones impredecibles. Por otra parte, las evidencias en su contra, a primera vista, parecían irrefutables: la ropa íntegramente manchada con la sangre de la muerta; los abrazos póstumos, cuyos rastros daban la apariencia de un forcejeo; el hecho de que la puerta no hubiera sido violada y de que él tuviese las llaves del departamento y, sobre todo, que el mango del cuchillo presentara las huellas dactilares de Molina. Podía haber alegado en su defensa que aquella cuchilla pertenecía al inventario de la casa y que, de seguro, varias veces la había manipulado. Pero no le interesaba decir nada en su favor. No quería complicar a nadie. En rigor, su existencia le era por completo indiferente sin Ivonne.

El juez era un hombre obeso con ciertas pretensiones de magistrado británico. Una cabellera blanca, escasa y ondulada le caía sobre el cuello y las orejas, semejante a una peluca deteriorada. Desde su estrado, examinaba a Molina como si fuese una suerte de animal de exhibición. Escuchaba las ponencias de los abogados y los testigos con una indiferencia disfrazada de imparcialidad. Cuando alguno de los declarantes se extendía en su discurso más allá de las breves fronteras de la paciencia del Juez, Su Señoría, ostensiblemente fastidiado, extraía un reloj de bolsillo y hacía una suerte de prestidigitación, pasándolo entre sus dedos nerviosamente.

El fiscal estaba convencido de la culpabilidad de Juan Molina. Ciertamente exageraba con su oratoria inflamada y sus gestos grandilocuentes. La profusión de adjetivos tales como "bestial", "salvaje", "inhumano", "despiadado", "sanguinario" y "monstruoso" con los que adornaba su discurso a la vez que señalaba al acusado con su índice acusatorio, tenían un estudiado propósito. Pero no sólo hacía su trabajo; albergaba la convicción cierta de que aquel hombre callado y corpulento era un asesino. El hecho de que fuera campeón de lucha grecorromana, la fama de hombre rudo y su porte, no obraban a favor de Molina; era el retrato viviente del homicida. Evidentemente, esa misma brutalidad con la que derribaba a sus contrincantes en el ring, aquellos instintos primarios que constituían su modo de vida y su sustento, fueron los mismos que lo condujeron a arrebatarle la vida a esa prostituta que no tuvo modo de defenderse.

El fiscal improvisa un relato con ribetes literarios, construido con una prosa tomada de las crónicas policiales; con frecuencia menciona las palabras "despecho" y "venganza", y pone en boca de Ivonne (llamada durante todo el proceso con el nombre de Marsenka Rakowska o "la occisa") términos tales como "rechazo", "terror" e "indefensa". Una taquígrafa oculta tras unos anteojos cuya graduación es tal que se dirían inexpugnables maltrata las teclas de una máquina estenográfica que suena como un piano al que le hubiesen quitado las cuerdas. Pero el ritmo machacón sirve de compás para que el fiscal se plante ante el juez y cante:

> *Observe, Su Señoría*
> *esa mirada feroz,*
> *esos ojos inhumanos,*
> *imagínese esas manos*
> *hacer la carnicería*
> *bestial, monstruosa y atroz.*
> *Es ese instinto asesino*
> *el que le dio su trabajo,*
> *son sus impulsos más bajos*
> *los que guían su camino.*

El fiscal camina ahora en torno a Molina como lo haría un cazador alrededor de su presa herida. Sin dejar de mirar al juez, entona:

> *Observe, Su Señoría,*
> *ese gesto despiadado,*
> *ese porte de animal*
> *al descargar el puñal*
> *y hacer de sangre una orgía*
> *después de haberla matado.*

El juez parece haber salido de su letargo, y ahora escucha el alegato del fiscal quien, cantando con voz imperativa, declara:

La cínica confesión
de este cruento criminal
es una burla soez,
por eso, le pido al juez
que se pudra en la prisión
hasta su juicio final.

Cuando termina de cantar el fiscal, la taquígrafa concluye la transcripción haciendo un sol-do involuntario con las teclas, marcando el fin del elocuente alegato.

La sala donde tuvo lugar el juicio era por completo diferente de lo que imaginaba Molina. No había gradas ni jurado, no había público ni prensa. Aquel recinto parecía una oscura oficina pública antes que la majestuosa sede de la ley. Y, por cierto, el proceso tenía un trámite más cercano a una diligencia burocrática que a una ceremonia jurídica. Dentro de aquel cubículo de paredes descascaradas presidido por un Cristo sobre el estrado, sólo estaban el juez, el defensor, el fiscal, la taquígrafa, que había recobrado su actitud asténica, y un policía de guardia.

Cuando el magistrado consideró que estaban reunidas todas las pruebas y testimonios, le preguntó a Juan Molina si ratificaba la confesión que había firmado, si ante su persona se declaraba inocente o culpable.

—Lo dejo a su consideración —fue la escueta respuesta del acusado.

Entonces el juez leyó la sentencia, cuyo final decía:

—Se condena al acusado a reclusión perpetua.

5

Durante el breve tiempo que duró el juicio, Juan Molina ocupó una celda en la cárcel de encausados de Caseros, aquel purgatorio donde los procesados esperaban la sentencia, a veces durante años. Apenas si conversaba con sus compañeros de pabellón. Sin embargo, todo se sabía. Sabían que había sido luchador en el Royal Pigalle y que se lo acusaba del asesinato de una prostituta; y hasta se rumoreaba el nombre de Carlos Gardel. Pero nada de esto fue escuchado de su boca. Nunca se metió con nadie y jamás se metieron con él, no sólo porque Juan Molina imponía respeto con su porte, sino porque su misterioso silencio edificó una fortaleza en torno de su persona. Las únicas visitas que recibía eran las de su madre y su hermana. Nadie más. Ni su representante, ni los viejos conocidos del café del Asturiano, ni sus antiguos compañeros del astillero, ni los muchachos de la trouppe. Nadie. Cierta vez fue a verlo Carlos Gardel, como habremos de ver más adelante. Lo cierto es que desde la muerte de Ivonne nada tenía demasiada importancia.

La misma fama de hombre recio y los mismos rumores lo acompañaron a la cárcel de Las Heras, una vez que obtuvo la rápida sentencia. Poco a poco su espíritu se fue reconciliando con las cosas de este mundo. Durante los recreos le gustaba sentarse en las escalinatas del patio, siempre en el rincón más retirado y, envuelto en la eterna nube de humo de su cigarrillo, miraba los partidos de fútbol entre los otros reclusos. Se hizo un buen amigo, un

tal Ceferino Ramallo, hombre de Entre Ríos, sentencia-
do por doble homicidio —su mujer era una de las vícti-
mas, la otra se sobreentiende—, buen cantor y guitarrero. Y, quizá sin que él mismo lo advirtiera, Molina estaba
cerca de iniciar su carrera, de dar curso, por fin, a su sueño más anhelado. El día que se conocieron el cantor y el
guitarrista, no hizo falta ni siquiera una conversación;
mientras Ramallo afinaba la vigüela con un arpegio cam-
pero a la sombra del único plátano del patio de la cárcel,
Molina, haciendo pie sobre la misma nota, cantó:

No hablemos de nuestras cuitas,
olvidemos que estas rejas
nos separan del ayer.
Igual que esa Santa Rita
que escapa sobre las tejas
y a lo lejos puede ver,
también nosotros podemos
huir hasta el horizonte
y al viejo arrabal volver.
Por eso, hermano, cantemos,
mientras la guitarra apronte
una copla, un dos por cuatro,
hasta la celda más rante
o la gayola más cruel
ha de ser como un teatro
con decorados radiantes
y lámparas de cairel.
Vayámonos para el centro
y que suspiren las minas,
venga un apretón de manos
pa' celebrar el encuentro
del guitarrero Ramallo
y del cantor Juan Molina.

Quién sabe, quizá bajo otras circunstancias el dúo Molina-Ramallo hubiese brillado con la misma intensidad que la dupla Gardel-Razzano. Pero, aunque acotado a un mundo algo más pequeño, llegaron a gozar de una fama proporcional. Primero Molina y Ramallo se juntaban a cantar con el único propósito de escapar de aquellos muros sórdidos, a caballo de las alegres coplas de provincias que proponía el entrerriano y de los versos amargos de los tangos con los que le retrucaba Molina. Luego se fue sumando un auditorio reducido aunque fiel. Más tarde el público carcelario fue llenando el espacio del pabellón hasta colmarlo por completo. Juan Molina se hizo famoso.

Qué sucedió aquella tarde en la que el chofer de Gardel encontró el cadáver de la mujer que amaba es algo que Molina empezó a inferir tiempo después, luego de que el propio Gardel lo fuera a ver a la cárcel. Aquella breve visita iba a devolverle a Molina la capacidad, y ante todo la voluntad, de pensar con claridad. De tanto en tanto, y tal vez a su pesar, Molina se perdía en el rincón más oculto de la cárcel y en la oscura soledad intentaba reconstruir aquella fatídica tarde. Recordó que después de abrazarse desconsolado al cuerpo de Ivonne, se incorporó, caminó hasta el ventanal sin dejar de mirar el cuerpo tendido sobre la alfombra, se enjugó las lágrimas con el pañuelo y, recostado sobre el alféizar, encendió un cigarrillo. Oteó en derredor buscando algún indicio, una huella que denunciara una visita reciente. En el cenicero se apilaban las colillas de los BIS teñidas por el rouge, mezcladas con otras. Más allá había una botella vacía de champán y, en la repisa del rincón, el Ronson de oro que tenía grabadas las letras C.G. Pero se resistía a aventurar hipótesis; hasta no estar completamente convencido de su conjetura, prefería permanecer callado; no quería involucrar a nadie sin tener todos los elementos para reconstruir ese momento fatídico. Sin embargo, durante los primeros tiempos de reclusión evitaba pensar. Solamente quería cantar y recibir las ovaciones de los habitantes de aquel universo intramuros, igual al de afuera pero reducido en el espacio, extendido en el tiempo, y donde las pasiones tenían que desatarse en aquella estrecha cornisa donde las horas parecían no transcurrir y los cuerpos debían convivir en hacinamiento. Por lo demás, salvo porque todo era más evidente y brutal, el mecanismo que gobernaba su funcionamiento, en nada se diferenciaba del mundo que se extendía más allá de las paredes. Entendido en estos términos relativos, podía decirse que Juan Molina era feliz. Había conseguido o, para decirlo con propiedad, empezaba a conseguir lo que tanto había buscado afuera. Ahora no tenía que someterse a las humillaciones que, día tras día, le deparaba el ring del cabaret cuando tenía que disfrazarse con las denigrantes calzas rojas. En la cárcel era uno de los pocos privilegiados, vestía traje y corbata, y un sombrero de fieltro ladeado hacia la izquierda. Era una verdadera estrella. No faltaban las oportunidades en las que algún admirador vestido con el traje a rayas se le acercaba tímidamente para pedirle un autógrafo. Los reclusos se sentían orgullosos de tenerlo a Molina en Las Heras, de la misma manera que los porteños se envanecían de que Gardel viviera en Buenos Aires sin importarles dónde había nacido ni qué nacionalidad tenía. Ceferino Ramallo lo secundaba con humildad, le hacía los coros con digna discreción y tocaba la guitarra con maestría. Llegó a ser su mejor amigo. Cuando Juan Molina por fin pudo acariciar el dulce sabor del reconocimiento, una triste noticia llegó a sus manos. Fue el propio director del penal quien le extendió, compungido, la orden que acababa de llegar de la justicia: habían decidido trasladarlo a la cárcel de Devoto. Ese día hubo duelo en la cárcel de la calle Las Heras. Molina y su mitad se fundieron en un abrazo eterno y silencioso, escondiendo un llanto que, de no haber sido contenido por los códigos de hombría, hubiese inundado Palermo.

6

Una fría mañana de julio, Juan Molina es trasladado en un camión jaula desde Las Heras hasta Devoto. Esposado y con los brazos sujetos a un pasamanos, vigilado por cuatro guardias, mira entre los barrotes la ciudad destemplada. El reencuentro con las calles de Buenos Aires le devuelve parte de la memoria que había perdido y le produce una alegría que, por su misma fugacidad, se transforma en tristeza. Una vez más, como si aquel fuese su destino, cuando estaba a un paso de la gloria, la suerte le muestra el lado ingrato de la taba. En el mismo momento en que el fantasma de Ivonne empezaba a disiparse y podía disfrutar nuevamente su incierta existencia, la fatalidad vuelve a ensañarse con él. El recuerdo de la mujer que tanto había amado se adueña otra vez de su pensamiento para atormentarlo como un castigo. Mientras el camión celda que lo traslada se va internando por las calles de Devoto, Molina se siente como quien es enviado al destierro en el fin del mundo. Empezar de nuevo, hacerse respetar, encontrar su lugar, ganarse algún amigo o varios enemigos y, quién puede decirlo, saber si va a poder volver a construir su sitial de cantor de tango; de sólo pensarlo le entra una pereza rayana con la ausencia de ganas de vivir.

Finalmente el camión transpone el portal de la cárcel y se detiene frente a una barrera. Hay un silencio mortuorio. Dos de los guardias toman a Molina por los hombros, uno a cada lado, y lo bajan con tal exceso de celo, que se diría que temieran un intento de rebelión. Otra vez, volvía a ser un anónimo. Quizá lo primero que le espere sea el decomiso de su traje cruzado y el cambio por uno de rayas. Lo hacen pasar a una oficina y allí lo recibe un hombre regordete y de bigotes.

—Lo estábamos esperando —le dice escueto y, dirigiéndose en tono marcial a los guardias, les ordena:

—No lo suelten hasta que lleguemos al pabellón.

Otra vez lo tratan como si fuese un asesino feroz y no el más respetable de los cantores que era hasta hacía unas horas.

Mientras lo conducen por un pasillo frío que desemboca en un patio, Juan Molina tarda en comprender lo que está sucediendo: una multitud que colma el patio y se aglomera contra los barrotes de las ventanas, presos trepados a horcajadas entre sí, lo están esperando. No bien se asoma el cantante todo es aclamación, gritan su nombre y aplauden. Los guardias se ven de pronto obligados a protegerlo de tanta efusividad hecha de manos que se estiran para conseguir su saludo, de la tenacidad de aquellos que se acercan con la intención de abrazarlo. De pronto la ovación desordenada se va convirtiendo en una canción general que suena como los coros multitudinarios que bajan de las gradas de las canchas de fútbol:

No será esta gayola el Odeón,
no será el Mulín Rush
ni franchutes estos crotos,
pero igual, hay que ver,
cómo la platea ruge
cuando el pibe del camión
hace su entrada en Devoto.

Molina no puede creer aquel recibimiento. Los presos más peligrosos se abrazan a las rejas y los otros, enlazados entre sí, forman una masa danzante y exaltada a lo largo de las galerías de los pabellones y, a voz en cuello, cantan:

> *No será el atalaya el Big Ben,*
> *no será de los lores la corte*
> *ni tenemos pretensiones,*
> *pero igual, hay que ver,*
> *las quebradas y los cortes*
> *de todos los "nenes bien"*
> *cuando bailen tus canciones.*

Sin dejar de bailar, los reclusos conducen a Molina por los distintos pabellones con la hospitalidad de un único y gran anfitrión, mostrándole la que habrá de ser su nueva casa:

> *No será el pabellón el Alvear,*
> *no será el Grand Hotel*
> *ni siquiera una rante pensión,*
> *pero igual, hay que ver,*
> *cómo te van a tratar,*
> *más mejor que a Gardel*
> *cuando estuvo en Nueva York.*

Como si las autoridades de la cárcel facilitaran los festejos, todos los presos alzan de pronto en sus manos unos jarritos metálicos y desiguales, y en un canto unánime, saludan:

> *Levantemos nuestras copas sin champán,*
> *elevemos nuestros votos*

y brindando a tu salud
celebremos con un cóctel de agua y pan
porque va a ser en Devoto
tu más estelar debut.

Juan Molina recordó aquel lejano día, cuando era un chico, en el que había visto a Gardel por primera vez. Y ahora lo recibían a él con idéntico cariño. Su figura era un mito en todas las cárceles del país; su nombre había recorrido, de boca en boca, cada una de las celdas de cada presidio. En el universo paralelo, subterráneo, que constituían las prisiones, era el hombre más famoso. El recibimiento que le dieron en Devoto era para Molina más emotivo que el que cualquier cantor de tangos recibiera en París. Y marcó el inicio de su carrera como solista. La forzada separación de Ceferino Ramallo fue borrando el mítico nombre del dúo Molina-Ramallo, para convertirse en el terminante, escueto y sonoro Juan Molina con que todos lo habrían de conocer.

7

Nada diferenciaba a Juan Molina de una celebridad de las "de afuera". Era, a su modo y en ese mundo paralelo, un hombre rico. Vestía los mejores trajes, vivía en una "residencia" apartada dentro del pabellón más cercano a la dirección del penal, dormía en una cama cómoda, comía la misma comida que el director, fumaba cigarrillos BIS y, de tanto en tanto, un habano cubano. Tenía su asistente, al que siempre presentaba como "un amigo", aunque fuese sólo una formalidad, y una suerte de representante que arreglaba el "cachet". Solía dar sus funciones los viernes y sábados en el patio principal y ese era el acontecimiento más importante de la cárcel. El resto de los presos le profesaba una adoración sin límites. Y le estaban agradecidos por la alegría que les regalaba Molina dos veces por semana.

De la misma forma en que los presidentes homenajeaban a los mandatarios extranjeros presentándoles a los mejores artistas locales, el director de la cárcel, cada vez que venía de visita alguna autoridad nacional, lo agasajaba con las canciones de Juan Molina consiguiendo, de paso, exhibir los resultados de su gestión al frente del penal.

Una tarde, sin que lo esperara, le anuncian a Molina la llegada de una visita. La noticia corre como reguero de pólvora entre los pabellones, la cárcel se conmueve:

Carlos Gardel en persona ha venido a verlo. A solas, con la única presencia de un guardia que no puede despegar la vista del Zorzal, Gardel y Molina se miran en silencio. Fuman. Hay en la mirada del Morocho del Abasto algo que sólo Molina puede entender. Son ahora, cada uno en su medida, dos eminencias. Carlos Gardel nunca habrá de perdonarle que jamás le dijera que él también era cantor. Pero por primera vez lo mira de igual a igual. Tienen tantas cosas para decirse que prefieren callar. El antiguo y leal chofer busca la frase más breve y la menos sentimental para pedirle a Gardel que no vuelva a verlo. Gardel comprende. No hace falta ninguna aclaración. El visitante se pone de pie, aplasta la colilla del cigarrillo con el zapato, se da media vuelta y se va sin saludar. Ambos supieron que aquella tarde habría de ser la última vez que habrían de verse.

A Molina le gustaba cada tanto perderse en los recovecos de la cárcel y, como siempre, buscar el lugar más oscuro y retirado, encender un cigarrillo y, tras la cortina de humo, abstenerse de recordar. Pero desde el día en que Gardel lo visitó, Juan Molina no podía evitar el intento de reconstruir los hechos de esa lejana tarde en la que encontró el cuerpo de Ivonne. En la soledad de su oscuro refugio, como si se hubiese tratado de una revelación, a su pesar fue uniendo los cabos sueltos que habrían de hacerle comprender qué había sucedido esa trágica noche. Molina recordó que después de abrazarse al cuerpo de Ivonne, caminó hasta el fonógrafo y liberó el disco del acoso del brazo rebotando contra el final del surco. Estaba mareado. Confundido. Por un momento dudó si él mismo había puesto a andar la vitrola. Reconstruyó los hechos desde que había entrado y recordó que sí, que el disco estaba puesto y que él no había hecho más que darle manija. La luz intermitente del cartel volvía todo más confuso. Sobre el *bahut* había un frasquito vacío, sin el menor rastro de su contenido: cocaína. Y ahora, viéndola sobre el charco de su propia sangre, no se perdonaba aquel silencio que lo fue carcomiendo hasta los cimientos del alma. Si hubiese hablado, si hubiera podido convencerla de que huyeran, de que se olvidara de Gardel, quizá, quien sabe…, cavilaba aturdido, intentando mantenerse en pie. En el oscuro rincón de la cárcel, Molina recordó que aquella noche caía una lluvia monocorde que se evaporaba al contacto con los tubos de neón del cartel de Glostora. Juan Molina caminó hasta el *bahut,* se sirvió whisky, encendió un cigarrillo, volvió a darle manija al fonógrafo y, otra vez, sonó "El día que me quieras". La sangre de la alfombra había empezado a secarse. Igual que las lágrimas de Molina. Exhausto de tanto llorar un llanto que lo había dejado vacío pero sin desahogo ni consuelo, sumido en un estupor hecho de cansancio y desolación, había perdido toda noción de tiempo. Su espíritu presentaba la calma sombría que reina después de un incendio, cuando el fuego ya lo devoró todo a su paso y no quedan más que rescoldos humeantes. Tenía la extraña sensación de ser el único sobreviviente de un súbito Apocalipsis; de hecho el centro de su íntimo universo era Ivonne, y sin ella ya nada tenía sentido. Así, caminando sobre las cenizas de su propia existencia, Juan Molina se preguntó si valía la pena seguir. En el rincón más solitario de la cárcel, recordaba que no había sido aquel un buen día o, para decirlo de otro modo, había tenido un día peor que los demás. El humor de Molina dependía de Ivonne. Y el de ella obedecía a los vaivenes de su tormentosa relación con Gardel. Si Ivonne estaba radiante, quería decir que, al menos en ese instante, albergaba la ilusión de que las cosas pudieran recomponerse. Entonces el espíritu de Juan Molina se ensombrecía, y era él quien perdía toda esperanza. Si, en cambio, Ivonne se mostraba afligida y taciturna, si sus ojos se veían vacíos de tanto llorar, si de pronto, tomándole las manos le decía "vos sos el único que me entiende", el ánimo de Molina recobraba los anhelos que el despecho del día anterior le había robado. Pero aquel no había sido un buen día. Ivonne parecía feliz y casi no se habían dirigido la palabra. De modo que Juan Molina, después de arreglar cierto asunto pendiente, había decidido salir a caminar para despejarse y ordenar los caóticos pensamientos que lo atormentaban. No hubiera podido precisar cuántas horas estuvo afuera. Abstraído en la borrasca de sus oscuras cavilaciones perdía la noción del tiempo y no era dueño de su memoria. Envuelto en su nube de humo, en la solitaria penumbra de la cárcel, Molina evocó la voz de Ivonne, "pedime lo que quieras", le decía Ivonne cuando terminaba de meterse en la nariz la delgada línea de nieve extendida sobre la mesa de raíz de nogal, "ahora me volvió el alma al cuerpo", le decía desabrochándose los botones de la camisa japonesa que le había regalado Gardel.

Molina tenía que atarse las manos para no tocarla. No, así no, se decía. El cuerpo era el de ella, de eso no había dudas, pero esa no era su alma. Era como si un espíritu ajeno y malicioso se hubiera metido en la frágil humanidad de Ivonne. En esas ocasiones, Molina la desconocía. Una sonrisa siniestra y a la vez incitante le transformaba la boca pintada como un corazón; esos ojos de un azul blando como el agua se tornaban duros, cautivantes y peligrosos como los de una serpiente. Ivonne, ¿quién era Ivonne, cuál de todas era Ivonne? ¿Era aquella muchacha que parecía una adolescente, la que se sentaba al piano a cantar las pegadizas canciones de su tierra, la que, despojada de su personaje de madame Ivonne, cuando estaba a solas con Molina, hablaba con el dulce acento polaco? Acaso esa no fuese más que la lejana sombra de lo que había sido. ¿Era la que sufría el despecho de un amor para siempre imposible, la que lloraba por el cantor inalcanzable que, quizá, alguna vez, alguna noche de champán, le hubiese sugerido una palabra en la que creyó entender una promesa? ¿Cómo saber si en realidad no acabó siendo la altiva y pérfida mujer francesa que, ante su paso ondulante entre las mesas del Royal Pigalle, conseguía despojar de verdaderas fortunas a los viejos cajetillas que desgranaban su añeja lascivia hablándole porquerías al oído, posando sus manos sarmentosas sobre su piel de porcelana? ¿Era ella o la que había escapado, desesperada, llena de asco y hastío, aun a riesgo de pagar el alto precio de la traición? ¿Era la amiga fiel, aquella que le decía "vos sos el único que me entiende" y, tomándolo de las manos le confesaba sus secretos más recónditos? ¿Era ella o la que, entre sudores fríos en medio de un insomnio eterno, temblando como una hoja con los ojos desorbitados, desencajada y presa de un miedo indecible, le suplicaba que saliera a conseguirle el polvo helado que la exorcizara de los horrendos demonios de la abstinencia que la quemaba a fuego lento? ¿Era ella o la que, con un alma ajena en el cuerpo propio, le decía "ahora podés pedirme lo que quieras"? Iluminado por el indeciso fulgor del cartel, Molina caminaba alrededor del cuerpo de Ivonne igual que un perro desconsolado. Desde el día en que la conoció la siguió, ciega y mansamente, como un cuzco perdido en la ciudad.

Molina, en la cárcel, podía escuchar la voz de Ivonne que, con los ecos de una alucinación, le decía:

—No te conviene andar cerca mío —le había dicho ella desde el primer momento. Molina lo había entendido como un hiriente rechazo. Pero en realidad era el consejo de una buena amiga.

—No quiero lastimarte —le decía.

Pero Molina no quiso escucharla. Pegado a su falda de gasa, yendo detrás de su taconeo sin rumbo, la seguía como un sabueso famélico y lastimado. Y cada paso era una herida sobre la llaga doliente. Juan Molina se preguntaba cuánto dolor era capaz de soportar un hombre. Cuánto tiempo podría querer sin resignarse al despecho. Se lo preguntaba por él y por Ivonne.

—Nunca voy a poder querer a otro —le decía, hundiéndole un puñal hasta lo más hondo de su corazón.

"Yo tampoco", callaba Molina y la seguía en silencio, pese a todo.

—Un día me van a matar —musitaba Ivonne con una sonrisa amarga. Molina nunca le había hecho caso; no porque le faltaran motivos para creerlo, sino porque no podía concebir la existencia sin ella.

—Sos el único amigo que tengo, el único que me entiende —le decía como una promesa incierta, ofreciéndole una ilusión a la vez que se la arrebataba.

—Conseguime un poco más, el último —le suplicaba envuelta en un tul de sudor helado, muerta de miedo, temblorosa y acurrucada contra la cabecera de la cama.

—Pedime lo que quieras —le susurraba al oído, mostrándole los pezones endurecidos por el gélido fragor de la cocaína y el champán. La voz de Ivonne resonaba en los oídos de Molina con la extraña insistencia de una alucinación.

La saña brutal, la carnicería que habían hecho con su cuerpo abierto a cuchilladas parecía ser un cruel interrogatorio. Cada puñalada era como una pregunta que buscaba su respuesta en las entrañas de Ivonne. Juan Molina no hubiese podido precisar en qué momento tomó el cuchillo de la cocina. Tampoco podía recordar cuándo descargó una cuchillada tras otra buscando qué se escondía dentro del cuerpo de aquella muñeca polaca.

No hubiera podido saberlo porque, sencillamente, no era él. De qué lugar de su propio cuerpo había salido aquel otro que tanto se parecía al grotesco personaje que representaba sobre el ring era una pregunta que Molina jamás pudo responderse. No lo recordaba pero lo deducía. Tampoco hubiese podido precisar cuándo salió del bulín ni por qué calles anduvo deambulando fuera de sí. Lo único que recordaba claramente era que luego volvió a entrar en el departamento y que no pudo creer que fuera cierto que Ivonne estuviese muerta. Quién era la bestia que habitaba dentro de él, lo desconocía. Cuándo habría de volver a pugnar por liberarse, tampoco lo sabía. Por eso, se dijo Molina, era bueno estar en la cárcel. No porque se considerara culpable, sino para evitar que ese, cuyo nombre ignoraba, volviera a lastimar a quienes él más quería.

Iluminado por la verdad, Juan Molina se pone de pie. Aplasta el cigarrillo con la suela de su zapato y camina hasta el patio de la cárcel. Con las manos en los bolsillos y la cara oculta bajo el ala del sombrero, va silbando la introducción de un tango. Bajo el cielo de Devoto, eleva la vista hacia el atalaya y con la voz quebrada, canta:

Si pudiera olvidar lo que soy
y volver a nacer.
Si pudiera escapar del dolor
y tener el candor
de aquel pibe que fui,
daría lo que tengo
y también lo que no.

Y mientras canta caminando por el patio desierto, se empieza a desanudar la corbata.

Si pudiera entender la razón
que me ha llevado a matar
a quien no dejé de amar
volaría detrás de aquel gorrión
para volver.
Pero estoy tan lejos y tan triste,
tan cansado de perder la ilusión
del amor,
tan cansado de vivir
y existir porque sí.

Juan Molina se quita la corbata como quien se despoja de un pesar. Camina hasta el pie del único paraíso que hay en el patio de la cárcel y, como un chico, empieza a treparlo.

Si pudiera volver a escuchar
el viril bandoneón
de mi barrio natal.
Si pudiera quitarme el puñal
que me hiere el corazón,
que me hace mal.

Se sienta en una rama sólida, añosa y, sin dejar de cantar, hace un nudo corredizo en un extremo de la corbata. Ata la otra punta a la rama y en el patio vacío, continúa con su solitaria función:

Si pudiera dejarme caer
como un mal fruto otoñado
y tener la ilusión

de haber soñado
que mi vida fue una efímera canción
con un final feliz.

No bien concluyó la canción, Juan Molina, sonriendo con la mitad de la boca, se dejó caer. Mecido por
la brisa de la tarde, el cantor parecía seguir, con su leve
vaivén, el sordo dos por cuatro que murmuraba el crujido de la rama del paraíso.

Final

Señoras y señores, antes de que este viejo telón raído por el tiempo y el olvido se cierre a mis espaldas, permítanme decirles que, si bien la muerte de Molina distó apenas unos pocos meses de la de Gardel, nadie habría de imaginar que el joven discípulo no habría de sobrevivir a su maestro. Damas y caballeros, antes de que la orquesta toque el sol-do que marcará el final del melodrama, déjenme contarles que el trágico y sonado final del Zorzal del Abasto en suelo de Medellín sepultó para siempre el recuerdo de aquel chico que nació en La Boca y apenas llegó a orillar los veinticinco años. Antes de que la luz de este seguidor se extinga esta noche y para siempre, concédanme un último pedido: si acaso un día, bordeando los muros de la cárcel de Devoto, creyeran percibir un lamento melodioso, deténganse a escuchar; quién sabe si aquellos ladrillos no guarden todavía el eco de la voz de aquel que, al decir de muchos, fuera el más grande cantor de tangos de todos los tiempos.

Y, por si acaso, murmuro entre nosotros, después de Gardel.

Índice de canciones

Índice

Este libro se terminó de imprimir
en los talleres gráficos
de Editorial Nomos S.A.,
en el mes de junio de 2004,
Bogotá, Colombia.